長生
——
邱华栋 著

北京出版集团公司
北京十月文艺出版社

一

有没有长生不老？人是不是可以永生？这是我在很长时间里想的问题。因为没有一个人是长生不老的，人都是要死的，人生下来就在向着死亡走去，走到路的尽头，人就消失了，就再也没有了。所以，从古到今，很多人都希望自己的命长一些，要是能长生不老，就好了。尤其是那些有权有势的人，他们吃丹药，练习功法，试图来延缓衰老和死亡，但都没有任何效果。最终，我发现人人都有自己的寿数。无论是皇帝还是庶民，无论你是善人还是十恶不赦之人，最终，都难逃一死。

那么，有没有长生不老？人是不是可以永生？这样的猜想依旧存在，这样的愿望也依旧存在。在传说中，在遥远的古代，据说有这样的人，但活着的人谁都没有见到。那么，长生不老就是一个神话了。

人死如灯灭，这就是我看到的景象。

其实，这也是我的师父丘处机关心的问题，但他不给我直接的答案。我叫李志常，我跟着我的师父丘处机修炼道家，已经有些年头了。我思考很多问题，但似乎都没有了悟。世间事太复杂，即使读万卷书，行万里路，也不见得就能明澈心扉。

我怎么成了道士，这说来话长。成年之后，我母亲才告诉我，在她怀孕后，就经常感觉到有灵异现象：我在肚子里会和她说话。于是，她就和我对话。我们之间什么都说，我在她的肚子里，就知道外面的世界正是兵荒马乱的年代，我就不大愿意出生。是我妈妈劝说我一定要生下来，因为她说，活着就是一件美好的事情，虽然活着是多么的艰难。我虽然不大情愿，但我还是最终同意把自己生下来。

所以，我是自己要生下来的，和其他那些被母亲生下来而他们自己很不情愿的人，不一样。我妈妈在生我的前一天，曾经梦见一个男人穿着一身很古怪的衣服飘然而至，他把一个像玉一样白嫩的孩子轻轻地放到了她手上，人就消失了。我妈妈醒过来之后，我就很顺利地出生了。

我是河南观城人，出生之后，很快就感到了世界的混乱和世事的艰难：我两岁的时候，父亲病故了，我六岁时，拉扯我长大的母亲又病故了。是伯伯把我养大。六岁之后，我就在私塾里念四书五经，受到了那些儒家圣贤书的教化。我的父亲母亲，最爱我疼我的人，在我那么小的时候撒手而去，永远地离开了我，让我孤零零地存活在这个世界上，这就是为什么我在娘肚子里不愿意生下来的原因。因为，那时我就知道，我会很快和我的父亲母亲告别，我将不得不很快就独自一人面对苍茫的人生。

没有了父母亲，虽然有叔伯等亲戚照料，但我像大地上的荒草一样生长，我内心在成长中逐渐地变得强大了。表面看，我是一介文弱书生，可我的内心坚硬起来了。

但是，当我对生死问题感到疑惑、渴望能够长生不老的时候，我就觉得，那些讲求入世的四书五经，就无法解我的疑惑了，我就扔开了那些书籍。我逐渐地脱离了儒家圣贤书的教化，对道家产生了兴趣。"道生一,一生二,二生三,三生万物。"这把世界讲得多么清楚!可是,什么是道呢?"道可道,非常道。"道是无法言说的,说出来,就不是原先的那个道了。

另外,关于我最喜欢思考的生死问题,老子说:"死而不亡者寿。"意思是说,个体生命和大道依附在一起,就可以永生。因此,道家最早的修炼者都是一些隐者,他们避祸于乱世,洁身自好,看到孔子奔走于六国,而笑他"明知不可为而为之"。我想,就像老子说的,道家,首要在于保全生命,顺生而活,遇到好的时代可以出有车,食有鱼,遇到不好的时代,就要尽量逃避灾祸。但是我刚好生逢乱世,我就想,眼下的一些灾祸是躲不开的,它自然会找到你的头上来。

我的生活的改变,发生在我十九岁那一年。当时,伯父看我已经长大成人,却痴迷于书卷而不闻世事,就想赶紧给我娶老婆,生孩子,过一种稳定的家庭生活,他觉得那样的话对我的父母就有所交代了。我却不愿意,我对伯父说:"本来,我想获得对道的领悟,现在还没有一点眉目,如果此时被爱欲和家庭缠身,我就再也不能获得悟道的机会了!"

"道?道就是生活,就是娶妻生子,这是大道,别的都是小道,是歪门邪道!"我伯父怒气冲冲地说,"你给我说说,你想求什么样的道?"

我笑了,"我理解的道,是决定万事万物运转的规律,不是你说的那个道。"

"这道那道,管他什么道,繁衍子孙才是人的大道,你给我记住这一点。"他坚持给我说亲,"侄子啊,别傻了,给你说的那家亲,人家女子有很好的家教,针线女红、品德脾性、相貌身材都很好,很适合做你的老婆。一个男人必须要有家庭,要有孩子,那样你就不会好高骛远了!"

可能在伯父的眼里，我就是一个好高骛远的人。好高骛远在别人看来是很坏的词，可是对于我却是一种赞美。因为，只有好高骛远，我才能看到更远的天地，才能爬上更高的山峰。好高骛远，多么好的词啊。

既然我不想按照伯父给我设定的道路走，那么，我就应该远走高飞，到他看不见我的地方去。于是，几天之后，我就悄悄背上行囊，拿着手杖，离开了伯父家。

我打算像古代的那些隐者一样，前往山东的牢山隐居起来。

二

  在山东牢山，我隐居在山林的草庐中，揣摩已经失传的道家先师杨朱的那些哲言片段，潜心钻研老子和庄子，以及其他道藏著作，同时，遍访附近的得道高人。

  我听说了一些异人的事。有一个人住在山洞里，每天吃些蜈蚣爬虫，或者蝎子蟑螂来生存。还有一个人住在一根很高的柱子的顶端，进行辟谷，不吃不喝也不下来，就在柱子的顶端任凭风吹日晒，最后长成了一个毛人。

  有的人住在河水中间搭起来的草棚子里，整日听河水的声音。还有的在地下挖了一个地穴，住在里面寻找着通向地狱的道路。

  我一个接一个地找到了这些人，但我发现他们不是疯子就是傻子，总之都是一些神经不太正常的人。我尤其不能忘记的是那个整天吃蜈蚣蝎子的隐者，他长发披散在脸上，皮肤发青色，嘴角流着爬虫或者蜈蚣的黑血，眼神里流露出可怕的狂喜和怪诞。

  至于那个喜欢蹲在柱子顶端苦思冥想的人，有一天，饿得从柱子上摔下来死了。那个住在地穴里的人，先是被老鼠啃掉了眼睛，然后，又被一群野狗吃掉了，只剩下了一副骨头架子。

我又听说，有一块石头可以写字，能知道未来的福祸。我去了那里。在一间黑暗的偏房里，垂下的帘子后面坐着一个人，帘子前面有一张桌子，桌子上面有一块石头。你问什么事，那块石头就会在帘子后面的人的指令下，动起来，然后在纸上写起字来了。

我去找他，他坐在帘子后面问："客官所问者何？"

我问："我会去往何方？"

忽然，真的很奇怪，我看见那块石头就自己动起来，在一张纸上飞快地旋转，似乎在写字，但我又什么都看不清楚。我盯着那块石头看着，立马就觉得头晕目眩。我赶紧找了一张椅子坐了下来，片刻之后，有人就拿着一张纸过来了，说："石头已经写了，客官，你快看！"

我一看，上面写了八个黑字："去往东方，趋利避祸。"这字真是石头写的吗？我看着桌子上的石头，现在，那块石头安闲地静卧在那里，一动也不动了。

我付了酬金，拿起字纸就走，帘子后面那个我看不见脸的人说："客官请慢行。"

石头写字这事我是不大相信的，虽然我亲眼看见石头旋转，可我头晕了，没有看见石头写下八个字的瞬间。后来，那个帘子后面的人被官府抓起来了，说他妖言惑众，阴谋策动针对官府的起义，被砍掉了脑壳，脑壳还挂在了城墙上。据说，还半睁着一只眼，半闭着另外一只眼看着下面。

我不知道这个结局那块石头写出来了没有。

还有的人平时好好的，但忽然有一天，眼睛一瞪，躺在那里口吐白沫，谵妄一阵子，醒过来后就变成了别人，开始说一些过去那人根本就不知道的事情，说话的声音也变成了别人。周围的人害怕了，赶紧把那人供奉起来，听那人说那些云里雾里的话，并做出解释。过了半天，那人又一翻白眼，回来了，又成为原先的自己，什么都记不得了，而这人刚才说的那些话，则暗地里成为影响周围人的一些预言。

因为人们对自己的命运无法把握，感到迷惑，因此对这类事件和人都非常敬畏。我是不大相信的，虽然有的事情我自己无法解释，但我从来都不相信这些骗局。物自有其理，就像人没有翅膀，不借助外力，飞起来是不可能的一样。这是常识，可现在偏偏有人说，某个人会飞了，而且真的飞起来了，我们去看的时候大概似乎也许他真的在飞，可背后有什么机关，有什么诀窍和奇巧，那就不知道了。

我知道的就是，人，站立在大地上，绝对不会飞起来。

至于其他那些能预言未来的人、能让金属勺子自己旋转的人、能口中吐火的人、能用刀在一张黄裱纸上斩杀恶鬼使纸上出现一道血痕的人、自称是王母娘娘下凡的人、说自己的肚子里有一个法轮常转的人、声称自己的脑子里住着一个很小的人的人，以及有透视功能的人，最后很多被我看穿了把戏，大都是世间的骗子而已。

这就是那些异人的情况。总之，那些人都不是得道之人，得道的人我一个都没有找到。连真正的隐士我也没有找到。隐士在乱世似乎隐藏得太深了，哪里都寻不见。也许，是大隐隐于市？我应该重新回到城市里，去闹市里寻找隐士？想到了我叔叔给我安排的生活前景，我不寒而栗，就没有再打算回到城市了。

在牢山上，我感到很孤独。有时候，在山间松树下的岩石上静修了一整天，我感觉自己就变成了一棵松树，或者是一块岩石，风吹拂我，活跃的松鼠跳到我的肩膀上，我甚至都感觉不到。这说明，连松鼠都已经不把我当作活物了，我是山川中静止的一块岩石，一棵树。我的心也安静得如同黑暗中琥珀里的蚊虫那样。

这种忘却时间和时代的感觉，依旧不是得道的状态。我距离得道很远啊！那我就要继续寻找。也许必须要有高人指点，我才可以找到门径。我想，一个人的静修，虽然可以听见自己的内心，可以感觉到万物对抗时间腐烂的过程，可道存在于万物的背后，我很难寻觅到道的踪迹，就像一只麋鹿突然从我眼前闪过，我睁开眼睛仔细寻找的时候，却再也难觅其踪了，只有依稀的神秘香气还在空气中缭绕，被我闻到。

经人指点，我又来到了天柱山。天柱山，顾名思义，山上有一座山峰就如同一根擎天大柱那样高耸入云，四周全都是悬崖峭壁，峭壁上的岩石缝隙里，生长出一些怪松，松树上栖息着一些嘴角长着很长的毛的大鸟。有一线石阶路陡峭地通向了山巅，山巅之上，有一座道观，道观的名字叫做天籁观。

我气喘吁吁地爬上了山，来到了天籁观门口。我已经吓得腿都发软了，我要是稍微不小心，就会掉下去摔死了。

道观里只有三个道士，一个年轻的道士见我突然出现在山门外，吓了一跳："你是——仙人？"

我笑了："我还想找仙人呢。我是一个寻道的人。我姓李。"

小道士赶紧进去，请出来一个手拿拂尘的老道士："道长，他说，他是来寻道的。"

执掌道观的道长见我气宇轩昂，有志于寻道，很高兴："哎呀，我们这地方一般人很难爬上来，你来了，说明你有毅力。有毅力的人就有忍耐心，有忍耐心，就有悟道的先决条件了。那你就留下来吧。"

我说："你这道观高高在上，在山巅，在云端，神妙啊，每天出入云里雾里，看山看树看飞鸟，接近天然地气，真好。"

道长说:"天道无亲,常与善人。既然你上来了,就和这里有神遇。你就住下吧,只要你不嫌寂寞。"

我就这么留了下来。在半年的时间里,老道长教我收集露水,采集中草药,认识一些矿石的种类和效用。他把它们弄在一起,炼制出颜色鲜艳的药丸。那些药丸有大红、赭黑、橘黄、深绿等颜色,道长常年吃自己制作的药丸子,鹤发童颜,精神矍铄。但他却告诉我,他并未得道,也不会得到永生,虽然长生不老是他一直追求的目标。

至于两个年轻的道士,除了每天修习功课,还要练习走索。在山巅上,道观旁边的山峰两边的悬崖之间,有一道铁索。每天,两个年轻的道士就在那铁索上闪展腾挪,走来走去,还用脚挂在铁索上进行倒立,让我心惊胆战。

"书生,你也来试试,走过来吧!再走回去!"一个道士对我说。

"我不敢!"我颤抖着说,"我的腿都软了,我不行!"我真的害怕死了。

"嘻嘻!你看我们一点事都没有,不用害怕的!"一个道士说。

"这么危险的游戏,玩它干什么?有那么多重要的事情要做。"我很郁闷。

"多么有意思啊,再说,别的事情才无聊呢!只有走索,才最有挑战性。来吧,你走走看,你一下就过来了,横竖就几丈远而已。"

我摇头,吓得要死:"我不过去,我害怕,就是害怕。"

老道长走过来,"你其实可以过去的,你走一走试试,现在,是你心里的声音在说,你过不去,你就真的过不去了。你要对自己说,你过得去,那样你就可以如履平地了。"

我摇了摇头,"万一我掉下去——"

老道长笑着说:"你看,你的心里还在说,你过不去。什么时候你心里对自己说:你能过得去,你就可以过去了。"

　　我在道观里居留,白天看山看云,读道藏经籍,晚上日落后就早早睡下了。有时候,我就蹲在那里,看两个道士走索。他们依旧像玩游戏那样,在铁索上来回走着,或者在铁索中间倒立与倒钩。

　　渐渐地,几个月过去了,我看得不那么胆战心惊了。我说:"我也来走走看!"

　　两个道士说:"好啊,你过来吧!"他们从铁索上闪开来,在山峰对面看着我。

　　我就走了过去。我真的从铁索上走了过去。我的脚下就是万丈深渊,但是现在我心平气和,如履平地了。是的,因为我的心对自己说了:你能过去。于是我就走过去了。

　　我走到了山峰的对面,出了一口长气,然后,我又走了回来。我成功了。

　　后来我再走那铁索,只要是没有风,我就随便地走一个来回。

　　晚上吃饭的时候,老道长对我说:"你看,你心里对你自己说了:我能走过去。结果你就可以走过去。果不其然吧。这就是你所是的,就是你所能的道理。"

三

我在天柱山上待的几个月中，熟悉了山中的花草虫兽，我和万物亲近，我喜欢闻那山林的气息。我习惯于日出而起，日落歇息，按照自然昼夜轮换的节奏起居。我们喝雨水、露水，我们吃山中的各类野菜和果实。山下田地里生长的小麦和谷物，也是我们的主食。渐渐地，我已经忘记我来的目的了。

有一天，夜幕降临，老道长忽然把我叫到他的卧房，他告诉我："我就要仙去了，你知道吗？人都是有寿命的，道士也不例外。"

"这个我知道，但我看您总吃那些颜色鲜艳的药丸，怎么也会——"我感到不解，感到了悲伤。

"那些药丸，其实是有毒的。我就是因为慢性中毒，积累到现在爆发了，身体承受不了了，才将仙去。我死后，身体会发黑，你们要把我火化，不要把我骨灰里的暗色结晶体当作宝贝，那些都是有毒的东西。"

"那我去哪里呢，道长？我在这里已经习惯了。"我悲哀地说。

老道人咳嗽着说："在山东栖霞，有一座太虚观很有名，现在，全真教道长、长春真人丘处机在那里主持，你应当去那里拜他为师。只有得到高师的指点,你才可以尽早入门,得悟大道。"

"对呀,我一直修习着杨朱老庄,仍未找到众妙之门。"

"那大门会为你开,但你要找到真人指引你,才可步入天台。"老道长的呼吸急促起来,"我的时间不多了,你听我的,就去找长春真人吧。"道长叹了口气,又说,"寻道之路很漫长,得道之人微乎其微啊,你要有忍耐心啊。"

我点了点头,答应了道长。

这一天的深夜,道长果然如他所说的那样仙去了。我流下了眼泪,既是为指引我的道长的仙去,也是为我还难觅道踪的艰难迷途。

老道长死后,我们给他擦拭遗体,我果然看到他通体发黑,皮肤下面还有荧光。两个年轻的道士很惊恐,我说:"不要怕,那是中毒的症状。师父炼的药丸有毒,所以身体才发黑。"我说这话的意思是叫他们也不要去吃那剩下的药丸,靠吃那东西寻求长生不老,完全是不可能的。

为道长做完后事,我说:"两位道兄,我将远行,去拜师入道门。也许,还有再碰面的那一天。只是,不知道是哪一天了。"

高个子道士说:"祝你一路平安,希望再见到你。"

矮个子道士说:"嘻嘻,等你回来,我们再一起走索。"

我答应了。我又在铁索上走了一个来回,就仿佛我走在天堂和地狱的接口处。然后,我告别了两位道兄,踏上了前往栖霞的行程。因为在那里,全真教道长、长春真人丘处机正在传道,四面八方的人都到他那里寻求安慰和智慧。

我过去就听说了全真教的一些情况。在我离开家庭、寻求大道的旅途中,我就听人说,有一个叫王喆王重阳的人,自号重阳真人,创立了全真教。相传,在五六十年前,王重阳在陕西终南山下凿穴而居,修习道法,自号"活死人墓"。三年后,他又盖了一所茅屋继续修习，开始不断有弟子前来学习和归附，声势渐起。弟子们为他盖了一座庵，由重阳真人的大弟子马钰题写"全真"作为庵名，自此，全真教就正式创立，并且传播开来。

长春真人丘处机是重阳真人的四徒弟，他前面依次是马钰、谭处端、刘处玄。重阳真人死后，四大弟子分别到各地传道。于是，全真教就开始四下播散并深入人心了。

说起来，我去山东栖霞寻访长春真人丘处机的旅途并不顺利，因为，当时战乱频发，国势危急，我所到之处，看见的都是战乱过后凋敝和荒芜的景象。

我出生之前的那几十年的历史大致如下：

在大宋的北方活跃的是强大的、以游牧射猎为生的部族，也可以说是蛮族人。他们中间的部落首领耶律氏逐渐掌握了权力，聚合了好多部落，建立了辽国，势力坐大之后就开始南侵，和大宋打了多年的仗。杨家将的故事就是这么来的，当时，杨家将在山西北部和辽国的军队浴血奋战，最终成就了一段可歌可泣的传说。

辽国和大宋谁也没有吃掉谁，后来，以西边的大夏国、中间的大同府和东边的河间府为界，形成了大宋和辽国的南北边界线，彼此胶着和僵持在那里，长期对峙，互有胜负，就这么过了一百多年。

后来，在辽国东北部的白山黑水之间，在那草原和森林里过打猎生活的辽国的旧部属、自称金人的完颜阿骨打部又逐渐强大起来。完颜阿骨打联合其他部落，一起反对耶律氏，通过连年征战，金人从北到南，逐渐地吞没了辽国的疆土，就像一条寄生在虫子内部的另外一条虫子，从内部蚀空了、吃掉了辽国，并借助强势兵力继续南下，突破了过去辽和大宋的南北分界线，打算一举灭掉大宋，吞掉大宋的江山。

大宋皇室不得不南迁于临安，成为偏居南方的南宋小朝廷。气势如虹的大金虽然蚕食了中原沃土，但靠战争的强横，是无法收服人心的，何况他们人少马少，逐渐地在河南、山东等前沿地带陷入到和南宋的胶着状态中。这和当年辽国与大宋的对峙是一样的，只是前沿往南延伸了七八百里。

金人统治中原地区前后才几十年的光景，漠北的蒙古人部落就快速崛起了，开始像金人完颜阿骨打部当年灭掉辽国耶律氏那样，从北往南猛烈攻打大金国。蒙古人非常善于战斗，他们利用马匹快速征战，往往是以摧枯拉朽的气势攻陷一座城池。为了彻底打败大金国，蒙古人还和南宋联手，两面夹击大金，大金国的士兵节节败退，苟延残喘。

这就是我所处的时代：在北面，蒙古人强势出击，迅猛异常，咄咄逼人，继续南下西征，攻打大金国和大夏国，大夏国坚挺着，大金国则摇摇欲坠了。而南宋也从南往北，攻打大金，打算洗刷早年被大金劫掠了两个皇帝的耻辱。于是，战事频仍，民不聊生。

在这样的战争胶着状态下，山东、河南等地区一片混乱，成为三不管地带，一时之间，强盗四起。

我下山之后碰到的，就是这样的局面。为了躲避开土匪、强盗和官兵，我就尽量挑选山间小道行走。很快，我就来到了即墨的东山。就在东山脚下，我遇到了一伙强盗正在一个村镇中打家劫舍，就想赶紧躲避起来。我慌乱之下，在东山间乱走，发现了一个很大的洞窟，里面已经藏了不少人。我刚要进去，却被他们中间几个带头的拒绝了："你不能进来！你是刚刚到来的外地人，不能躲在这里，这样会把那些强盗招引过来！"

"我就一个人，没有人看见我走到这里来，你们收留下我吧。"我央求他们。我想起来了一路上看到的无头尸体。

"不行,赶紧走,再不走,我们就打死你!"一个大胡子凶巴巴地对我吼。

于是,他们把我强赶出去,还把洞口巧妙地用树枝掩盖起来。

我刚出洞口,就被一伙呼啸着冲上山的强盗抓获了,他们把我捆起来,殴打我、踩躏我,要我说出附近那些人的藏身之所,因为,他们就是要找那些人算账的:

"快,告诉我,山下村子里的人躲到哪里去了?过去,他们纠结起来联合官府,打死了我们好多兄弟,现在我们来洗劫他们了。快,说出来,我们就放了你,因为我们和你没有冤仇,只和那些村人有冤仇!"

我吐了一口血痰,"兄弟,我只是一个过路的,我是打算去做道人的,你们放了我吧。在山上,我一个人也没有见过。"

"不可能!他们都躲在山上,可我们就是找不到。你一定知道的,快,说出来,我们就放你走!"

"我真的不知道,我不过是一个过路人,我是要到栖霞去寻找长春真人的求道之人,你们不要这样对待我。"

他们把我打得昏死过去。可是,我清醒过来的时候,依旧什么都不说。那伙人没有办法。山下传来了官府士兵前来围剿他们的消息,他们就放了我,溜走了,没有杀我。

等到那伙强盗走了,藏在附近山洞中的人才出来了。他们知道躺在石头上浑身伤痕的我没有出卖他们,十分欣慰,也非常感激我。他们都围着我,哭着谢我,请求我原谅他们。其中一个人说:"我们都是小人啊,刚才,我们几百个人的性命都悬在你一个人的嘴上,只要你说了我们的藏身之所,我们就都要被杀掉,而你呢,不记我们拒斥你的仇,还冒死相救,对我们实在是有大恩大德啊。"

我微笑道:"以德报怨,才是大德,你们连谢都不用谢我。我自己要感谢我自己,因为,我有忍耐心,我战胜了我自己。"

出于愧疚和赞许,他们下山之后,在田庄里纷纷给我拿钱拿物,还给我找住处,让我调养身体。

四

十几天之后,我基本把伤养好,听一个过路的磨刀师父说,那长春真人已经从栖霞到达莱州的昊天观居住了。在那里,他要举行一系列的法事活动,"你要找他,就应该去莱州。正巧会碰上他。"

于是,我就兴冲冲地来到了莱州昊天观。这个道观非常热闹,因为长春真人在此设坛,讲道祈福,来的人非常多。我在一个小道士的引导之下,进入到内堂,拜见了长春真人丘处机道长。

他见到我,听说了我的诉求,就问了我几个问题,一开始他表情十分淡然:"求道求道,道,我也不知道。那你知道不知道,哪里有道?"

我叩首长揖之后,说:"《易经》上说,一阴一阳之谓道。老子说:'道法天,道法地,道法自然。道无名。'"

真人又说:"那道既然无名,何以求之?"

我说:"老子说:'道之为物,惟恍惟惚,恍兮惚兮,其中有象。'万象自然体现着道,道因此是可以寻找到的。"

真人问:"老子说,'道常无为,而无不为',是什么意思?"

我回答说:"道常常什么都不做,因此才什么都做得好。这句话听着挺矛盾,实际上,无为的时候就是一种有为,让万物自行解决纠结与问题,就无不为了。"

长春真人又问:"杨子说:'人肖天地之类,怀五常之性,有生之最灵者,人也。'他是这么定义人的。你怎么理解?"

我说:"人是天地之间最有灵性的动物,因此,应该顺应天时地利,不要妄自抗争,不要去无谓地争抢金钱、名望、地位。"

真人说:"好。你再听,他还说,人,没有爪牙来保护并抵御侵害,肌肤也很柔嫩,不足以保护自己不受伤害,跑的时候就靠两条腿,不算很快,很难避过灾祸,身上也没有长羽毛来抵御寒风冷霜。因此,人存活在世界上,必须依靠其他物体,依靠其他的东西比如人的智力和智慧来活着,因此'智之所贵,存我为贵,力之所贱,侵物为贱'。杨子这么说,是什么意思?"

我说:"杨子是在说,人,第一在保全性命,不要为了人间的荣华富贵而大动干戈,那样,是最低贱的人生。"

真人又说:"杨子还说:'公天下之身,公天下之物,此之谓至人者也。'这句话你怎么理解的?"

我回答:"杨子的意思是,人最终要舍弃掉贪生怕死、追求名利之心,不如此,人就害怕鬼、害怕人、害怕权威、害怕刑罚。只有避开了名利的人,才是懂得了大道的人,就是'至人'。"

真人问:"列子说他很喜欢虚和静,你怎么理解这两个字?"

我说:"虚,就是没有实的东西做依托,因此虚就是不贵重任何东西的心态。静的时候才可以理解虚的状态,才可以对很多事情不为所动。因此,老子也说:'致虚极,守静笃,万物并作,吾以观复。'意思就是万物无论怎么运作,最后都要回到原来的位置上。静与虚因此是最应该持守的两种状态。"

真人说:"人大,还是道大?"

我说:"道大,天大,地大,人也大,人可以悟道,因此,世界上的四大之中,人居其一。人悟道,道因为人的悟而显现出来,因此,人也是大的。"

我说到这里,真人的表情就缓和下来了,他看来很喜欢我,"你回答得都很好,虽然有的了解比较生硬和稚嫩,但也很好。有慧根,我收你为徒弟了。"

就这样,我也就拜真人丘处机为师。他专门为我一个人举行了一个进入道门的仪式,告诫我要去情欲,不娶妻,不吃肉喝酒,以静坐苦修的方式得道。我一一答应遵守。然后,我就跟着师父一心求道,那一年,我刚刚二十五岁。

我一开始觉得,求道,就是求永生,就是求得长生不老。但在师父的教诲下,我明白了,或者说是我师父让我自己逐渐领悟到了,永生是不存在的,肉体腐朽得很快,而道则依旧存在于世界上,决定着万事万物。因为,在大地之上,到处都是短暂生命的死亡和再生。人和草木一样,都有死亡和再生的轮替。死亡就是一个个体生命的终结,但另外一颗种子的发芽,另外一个生命的诞生,则是生命的延续,这其实就是永生的形式。人,要想长生,唯一的办法,就是去繁衍你的子孙,把你的形貌和精神传递给子孙。但这又绝不是一个个体的长生,个体生命的长生,无论怎么追求,都是很困难的。那些炼丹药、吃丹药、饮露水的人,不知道能活多少年,反正很少活过一百岁的。

"师父,传说彭祖活了八百年,您相信吗?"我问。

"不相信。人不可能活那么长的时间。"

"那怎么还会有这样的传说?"

"那是因为有人想借彭祖长寿这个传说,说别的事情。"

"人们说您就是神仙,您是不是神仙?"

"呵呵，我不是神仙，我不是。我就是一个道人而已。"

"世人都叫您神仙，又是为什么？"

"尊称吧，求道之人被尊称，自己可不能把自己当做神仙。我是一个人，也有自己的寿数。"

"那世界上有真的神仙鬼神吗？"

真人看着我："儒家的尊师孔子也不相信鬼神，他说，'敬鬼神而远之'，已经帮助我们回答这个问题了。"

"那我们还相信玉皇大帝和八仙存在吗？"

真人笑了："你呀，喜欢打破砂锅问到底。这些都是人的意念符号，是按照人间的秩序想象的。比如地上有皇帝了，天上就有玉皇大帝。八仙，自然也是人们想象出来的。"

"师父，我明白了，敬鬼神，但远离它。"

"对，但不信并不等于世界上没有鬼神，也许有，但我活了这么大，从来都没有见过。我也没有见过活到几百岁的人。你什么时候见到了，来告诉我。"

师父笑着走到山间去采草药了。

五

我师父的生平我也很感兴趣。我逐渐了解到，他生于登州栖霞，比我早出生四十五年，也就是说，大我四十五岁。据说，他出生的时候，红色的霞光布满了房间，我想，这是传说罢了，师父自己都否认了。那个时候他刚出生，哪里知道到底有没有霞光？所以，就当还是有霞光吧。

师父很小的时候，他的母亲就病死了。过了两年，他父亲也去世了。这一点师父和我的遭遇很相像。是淳朴的乡亲帮助抚养他长大的，他们对这个孤儿十分照顾体恤。因此，师父的内心里常常怀着感恩之情，总想去报答别人，救苦救难于众生百姓。

在他老家山东栖霞，有两座小山，一座公山，一座母山。他就经常到公山上去读书、练剑。山上有一个白云宫，那是一座几乎废弃的道观，里面只有一个老眼昏花的道人在看管，看这个孩子喜欢来道观，就把观里留存的一些书籍拿出来给他看。

我师父当时连名字都没有，父母双亡之后，村子里的人知道他姓丘，就叫他丘哥。丘姓来源于姜姓，是姜子牙的后代，再往远了说，是炎帝的后代。姜子牙做过周朝的重臣，因此，他的后代的一支后来被周朝皇室分封到山东的营丘，就改姓丘了。宋朝初期，由于要避讳孔丘孔夫子的名号，就改成邱姓了，在原来的丘字边上加了一个耳朵旁。师父的丘姓不知道为什么没有改。反正加耳朵旁的邱姓人，都是尊崇儒家的，不加耳朵旁的丘姓，则不大理会要避讳孔丘的名号。

  我听熟悉师父的道人告诉我，师父小时候在公山上读书、练剑，他在老道人给他的书籍中，发现了从唐朝流传下来的《公孙大娘剑谱》的一册残谱，根据那些被虫子咬得已经快散了的书页，琢磨出来了一套十分了得的剑法，那剑法，师父舞动起来，连远处松树上的松针都在簌簌地抖动，等他停下来的时候，松针就哗哗地落了一地。

  在公山上，师父读那些书中的道藏著作，静修悟道从那时就开始了。为了磨炼意志，师父常常将一枚通宝硬币在公山的山顶上扔下去，那枚通宝硬币翻转着，落入了峭壁的沟底，他再从山上火速跑下去，仔细地在沟底寻找，如此反复了整整一年。据说，他后来在漆黑不见五指的夜晚扔下山那枚铜钱，也能够趁着萤火虫的依稀荧光去用手慢慢摸到。在公山上，现在还有一条当年他扔钱、找钱踩出来的羊肠小道，叫做"摸钱崖"。

  师父从那时起就开始写诗了，他诗才充盈奔放，清朗大气的风格从那个时候就显现了。后来，我就一直抄录整理师父的诗篇，细心地作笺注，非常喜欢。他写了题为《公山十四首》的一组诗篇里，有这样的诗句：

    公山隐隐插苍穹，松影森森锁碧空。
    顶戴松花吃松子，松溪和月饮松风。

    公山高隐白云宫，官压公山第一峰。
    峰上白云飞不断，悠悠来去惹青松。

公山自古白云多,结盖层叠如大罗。

神仙出没常不见,云中唯听洞仙歌。

啊,这样的诗句多么好啊,我是喜欢得不得了,就偷偷地抄在硬纸上。

当年,那个看管公山上道观的老道人还比较懂得中草药,他经常带着我师父——那时候他还叫丘哥,在公山、母山和艾山上采集各类草药。我师父就攀缘在悬崖峭壁之边、闪展腾挪于青藤之上,身手如同猿猴一样敏捷。他后来医术高明,善于用药,和当年他在山上采药有很大关系。救死扶伤的能力,他从那个时候就具备了。

从山顶往东、往北看,天气晴好的话,师父都能够看见蓬莱一带的海岛在大海之上浮现。烟波浩渺,云雾升腾,宛如神仙在远处召唤一样的日出胜景,都让师父心向往之。

在师父十九岁那一年,他听说昆嵛山上有得道的高人,于是就离开了家乡,前往百里之外的昆嵛山上寻求道行。

站在山脚下,师父远望昆嵛山,就觉得非常奇特:山体突兀,山是岩石山,很多地方都裸露着灰白色的山岩,如同巨大的石龟俯卧在松树和橡树林里,很有些神秘气息。这样的山峦奇崛而灵秀,巍峨而险峻,适合修道之人隐居修行。但见四周层峦叠嶂,山林郁郁葱葱,溪水潺潺,绕山而下,树林密布,空气清新,植物茂密。

我师父当年赞叹:"山不在高,有仙则名!好山!"

我师父当年爬到山峰之间,找到了一座道观。但里面没有道人,听百姓说,里面曾有一个黑衣道人,只长了一只眼睛,会腾云驾雾,现在,不知道跑到哪里去了。师父在昆嵛山上寻觅了一个多月,也没有发现得道高人的踪迹。那个传说中只有一只眼睛的黑衣道人,也没有一点形影和踪迹。他只好在那个废弃的小道观里住下来。这个时期,他写了一首题为《坚志》的诗,表达心志:

> 吾之向道极心坚,佩服丹经自早年。
> 遁迹岩阿方十九,飘蓬地里越三千。
> 无情不作乡中梦,有志须为物外仙。
> 假使福轻魔障重,挨排功到必周全。

从这样的诗句里,可以看到我师父当年在昆嵛山上一心寻求得道之人的心迹。这是他给自己打气的诗篇。我甚至透过了时间的迷雾,看到了他的身影和我当年在牢山与天柱山上寻道的身影重合了。

这一时期,他还写了另外一首题献给自己的诗《自咏》,等于是他的自画像:

> 自游云水独峥嵘,不恋红尘大火坑。
> 万顷江湖为旧业,一蓑烟雨任平生。
> 醉来石上披襟卧,觉后林间掉臂行。
> 每到夜深云霁处,蟾光影里学吹笙。

由此可见当时师父的心态,他实在是孤独啊,一个人在山间寻觅,在密林里穿行,寻求志同道合的人而不得。

六

　　正在踌躇的时候,他听一个樵夫告诉他,山下不远处的宁海县,有一个从陕西终南山来的得道高人,名字叫做王重阳,在那里建了一座全真庵。"那王重阳广收门徒,还带着几个徒弟。大弟子叫做马钰,是个大财东,老婆叫孙不二,因为崇敬重阳真人,结果夫妻俩竟然抛弃了万贯家财,入了道门,成为了王重阳的弟子了,一时传为佳话。后生,你想要寻求得道之人,那王重阳不正是真人吗?"

　　我师父一听,大喜过望,赶忙下山,直奔宁海而去。宁海距离昆嵛山并不远,两天的路途师父就赶到了。打听到了王重阳的全真庵的所在,就找到了他。

　　他到了闻名遐迩的全真庵,发现全真庵竟然就是一个草棚子,而这草棚子还是在地上挖出来的地窝子上盖的,简陋不堪。但我师父却感觉到有精神的气流在这草棚子上空流动,有白鹤在空中盘旋。

　　我师父在草棚子外面叩拜:"重阳真人,我要拜见您,求进入道之门!"

　　里面没有动静,他偷偷抬眼看,看到草棚子里有几个人正在打坐修炼。师父耐心地跪在外面，一直没有起来。忽然，下雨了，师父被雨水浇了一个透心凉，他也还是长跪不起。天黑了，也不离开。

到了深夜，棚子里的人才出来，为首的就是王重阳。他看我师父一个小年轻，跪在那里那么长时间也不离开，很高兴他的意志坚强，说："你是何人？叫什么名字？"

我师父说："我没有大名，小名叫丘哥，只一心想求道，想跟随真人。"

"那你站起来吧。"

我师父站了起来。王重阳见到我师父相貌堂堂，有志于求道，十分惊喜，抚掌大笑，"好啊，好啊，我的道业人丁兴旺啊！"当下就答应收下我师父为徒弟，"我给你赐个名字，你姓丘，叫处机，丘处机，怎么样？你在我的几个弟子中间排行第四。来，拜见几位师兄吧。"

王重阳把我师父引见给在他身后站着的几个弟子：马钰、孙不二夫妇，谭处端，刘处玄。我师父一一拜见，平身后成为道门兄弟。

王重阳一时高兴，兴之所至，写了一首诗叫做《赠丘处机》如下：

细密金鳞戏碧流，能寻香饵会吞钩。
被予缓缓收纶线，拽入蓬莱永自由。

一时间，在宁州，四面八方前来求道和瞻仰王重阳的人非常多，全真庵前人潮纷涌，终日纷扰不止。重阳真人觉得这样不利于修行，打算找一个安静的地方，这时，我师父告诉重阳真人，说在四十里外的昆嵛山上有好处所。那里整日仙气缭绕，僻静清新,飞鸟不绝,是修道的好地方。重阳真人就听从了我师父的建议,带领几个弟子,一起前往昆嵛山。

一路上,重阳真人带着弟子,可以见到山溪清澈无比,水潭里游鱼成群。在山下,重阳真人看到远山上有一条瀑布如同白练般从天而降,十分高兴:"有水则灵,有仙则名。先有水了后有仙,好地方!"那是一条隐藏在山里的瀑布。他们来到瀑布之下,但见一条白色大瀑布,带着喧哗的水花,从山上一路奔泻下来,如同盘绕连接起来的九条龙一样热闹。"这里就叫九龙瀑吧!"重阳真人说。

他们继续上山,重阳真人看到山道边有一眼天然的泉水,泉水满溢,汩汩冒出,灵动异常,用手就可以掬水喝。重阳真人喝了泉水,说:"这水的味道也有些仙水的滋润和清凉。在这里修一眼井,咱们用来喝水,再搭建一所亭子,孙不二,你就在这里修行吧。"于是,那眼泉水后来就建成了一口井,叫做丹井,附近的亭子后来也建好了,因孙不二是女性,她可单独在这里修行。

孙不二原名叫做孙富春,是一个大户人家的独生闺女。经人说亲后,她嫁给了汉代将军的后人、富商马钰,夫妻俩生育了三个孩子,中年之后家业兴旺,是当地的名门望族。后来,宋、辽、金接连混战,山东一带也动荡不已,这个时候,重阳真人来到了山东,以自身的道行,感化了马钰夫妇,在重阳真人的感召之下,他们捐献了大部分家财,毅然入了道门。真人将马钰的字改为"丹阳",将孙富春改为孙不二,意思是勉励她一心向道,不存二心。妻子入了道门修行,马钰也很高兴,他给妻子写了一首词如下:

你是何人。我是何人。与伊家、元本无亲。都缘媒妁,遂结婚姻。便落痴崖,贪财产,只愁贫。你也迷尘。我也迷尘。管家缘、火里烧身。牵伊情意，役我心神。幸遇风仙，分头去，各修真。

他们继续上山，在昆嵛山的西北方向，重阳真人看到了一块巨大的岩石，顶端如同一只乌龟伸出了头，但底下则可以开凿一座洞穴，专门用来修炼。王重阳请来了石匠，帮助开凿洞穴。没有多久，这个洞穴就凿成了，里面的空间并不大，有雕凿的石床，也就刚刚够坐三五个人修行。

重阳真人把这个洞穴命名为烟霞洞，因为附近总是云雾缭绕，在早晨或晚上，攀登到附近的高处，满眼都是烟霞灿烂的景象。就这样，王重阳和马钰在山洞里谈玄论道，我师父在距离洞口不远的地方搭建了窝棚修炼，谭处端、刘处玄则在半山腰上的一处岩洞里居住修炼，孙不二在丹井附近修炼。

昆嵛山上野花多，到了春夏季节，黄色的山菊花满山都是，非常漂亮。到了夜晚，昆嵛山那黝黑的躯体在苍白的暮色中隐去，就如同得道的神仙在云雾中消失一般。在昆嵛山上带领几位徒弟修炼，开凿烟霞洞，修葺丹井，采露而食，修道求真，重阳真人很高兴。他和我师父一样，一高兴就要写诗，他专门写了一首《烟霞洞》，是这样说的：

古洞无门掩碧沙，四山空翠锁烟霞。
天开玉树三清府，池涌青莲七子家。
阐教客来传道法，游仙人去换年华。
可怜此地今谁管，春暖桃夭自发花。

不久，重阳真人又收下了王处一、郝大通为徒弟，加上马钰、孙不二、谭处端、刘处玄、丘处机，全真七子成为重阳真人的嫡传弟子。与此同时，前来修道的人很多，仅在山东胶东一带，全真教派的门徒就达到了一万多人。

就在这个时候，重阳真人感到自己身体有恙了，他决定回陕西老家看看，在那里继续弘扬道法。他带领马钰、谭处端、刘处玄、丘处机四大弟子前往陕西，留下了王处一、孙不二和郝大通三个徒弟继续在山东传道。

我师父就跟着他师父，前往陕西了。

在路过汴梁的时候，重阳真人病危。他在病榻跟前对几个弟子交代："你们的大师兄马丹阳已经得道了，我很高兴。处端、处玄，你们俩已经近道了，我很欣慰。处机呢，你知道了，我也没有忧虑了。我仙去之后，你们都要听马丹阳的，教门也由他掌控。"重阳真人的呼吸变得困难了，他最后拉住我师父的手说："处机啊，我当初见到你，就知道你是一个可以得道的人。你今后的地位是他们不能比的，因为，你能因势利导，大开教门，将全真教发扬光大的。"

我师父唯唯诺诺，不知道是应该点头还是摇头，泪水夺眶而出。

重阳真人说："你看你，我十多年前遇到过两个隐者，他们告诉我，我的寿数就是五十八岁。因此，我来日无多，自当归去。不必惊讶和悲痛。"

重阳真人就在汴梁仙去了。几个弟子将王重阳的灵柩扶送到了师父的老家——陕西终南山的刘蒋村，在那里修建了王重阳的坟墓，并守墓三年。

七

三年的时间，说长不长，说短不短，草长起来了，被割掉了，黄了，枯萎了。鸟飞来了，留下了，又飞走了，大雁过长空，空留雁鸣声。

三年过去了，在一个月亮很满的夜晚，大师兄马钰召集几个师弟坐在一起，商量未来的打算。马丹阳说："各位同道，今天，我们说说各自未来的志向。是到了要分道而行的时候了。我先说吧，我曾经富贵，现在，对富贵更是如眼望浮云。我的志向，就是志贫。我志在贫，贫到家就是我的志。"

谭处端说："我的志向是'志是'，我想继续静修道门，最终寻求到道的踪迹，达到'是'明的境界。"

刘处玄说："我的志向是'志志'，志于对志本身的领悟研习。志于志，志之志，志志，因此，我志志。"

我师父丘处机说："我的志向是'志闲'，我要像闲云野鹤那样云游天下，而且，我不是自己独闲，我恰恰要最终摈弃闲，达到大志。"

马钰说："好，我们各自明志了，从明天起，我们就分开了，四下传播全真道义。我是全真教掌教，仍旧住在这里。你们可以各自向东西方而去。"

谭处端说："我和处玄往东走，去洛阳吧，那里建有朝元宫和土地庙，很希望我们俩去居住主持，传播全真教义。"

我师父丘处机说："我往西走，到磻溪去吧，那里更加清净，适合苦修心志。"

第二天，三个师兄弟告别大师兄马丹阳，就分头向东西方向而去。

我师父到达宝鸡东南方磻溪住下了。那里有山有水，山似乎更加高大，水流潺潺，在磻溪的山上，我师父开凿了一处山洞，在那里住下来，精心修炼。在那个山洞中，没有炊事用具，也没有炉火，每天，我师父就像那些辟谷的人一样，只吃一顿饭，就连这顿饭也大都是舍饭。附近的山民知道这里住了一位修行的道人，每天都在固定的时候提供一顿舍饭，就放在山洞的门口。我师父每天打坐，静思，细密地琢磨丹经。这段时间，他曾写了一首词《无俗念·居磻溪》如下：

孤身蹭蹬，泛秦川、西入磻溪乡域。旷峪岩前幽涧畔，高凿云龛栖迹。烟火俱无，箪瓢不置，日用何曾积。饥餐渴饮，遂时村巷求觅。

选甚冷热残余，填肠塞肚，不假珍馐力，好弱将来糊口过，免得庖厨劳役。壮贯皮囊，熏蒸关窍，图使添津液。色身轻健，法身容易将息。

就这样，我师父在磻溪苦修了六年。六年的时间里，他的足迹踏遍了附近的山山水水，留下了好多传说。

传说，磻溪河畔有一处渡口，虽然河面开阔，河水清浅，却既没有渡船，也没有木桥，人们只能涉水徒步过河。有一天，我师父来到渡口,看到一个老人拄着拐杖,正在颤颤巍巍地过河,在河水的冲荡下差点摔倒。他看到这一幕,心急如焚,赶紧也下了河,到水中将那个老人扶着走到了岸边。

后来,每当夏天河水水位上涨,师父都要来到渡口,在那里背老人、孩子和体弱的人徒步过河,传为佳话。四周的人听说了,就给他送来钱财食物,他也都分散给那些更需要这些东西的人。到后来,感化了一位财东,财东出钱在渡口修建了一座木桥,总算是解决了渡口无船的问题。附近百姓皆大欢喜,纷纷赞美我师父道行高。

我师父因为自小对中草药十分熟悉,也喜欢钻研,在磻溪,他更是喜欢在山林里寻找治病的各类草药,无偿给人看病。一天,在外出化缘路上,他曾经碰到一个吃了有毒食物的人,正在垂死状态,家人都开始准备后事了,他阻拦住他们说:"别着急,看我的。"于是,他让那个人趴在石板上,用力揉搓病人的后背。

众人都绝望了,忽然,他猛地捶打了几下那个人的后背,结果那个人呕吐了起来,不仅苏醒了,还把肚子里有毒的东西都吐了出来。我师父又配制了一种草药,煎好后让那个人喝下去,让他躺在棉被中,我师父开始吹箫,曲调的名字叫《还魂曲》,一曲结束,那个人的魂就彻底回来了。那家人都惊喜万端。

我师父不接受人家的任何馈赠,留下一些草药,飘然而去。

我师父在磻溪住下,参悟道行,在山中发现了一种既柔软又温暖的草,可以编织成蓑衣,于是,他给自己编织了几件蓑衣,常年都穿,无论冬夏。这蓑衣既可防水挡雨,又能保暖身体,他很喜欢穿,就老是一身蓑衣穿行在天地之间,被磻溪人称为"蓑衣先生"。他还写了一首词《无俗念·蓑衣》:

深溪古岸,到秋来,莎密茸茸无极。拣择修纤归洞府,虚落晴天吹炙。两束丝干，千条绳就，不假良工织。闲轩亲自，结成渔父装饰。

　　时伴樵牧嬉游，青山绿水，带雨和烟适。妙绝堪珍幽径晚，披雪冲开芦荻。我本忘名，人皆易号，唤作蓑衣裳客，他年功满，化云天上无迹。

　　我师父在磻溪前后居住了六年，不断地提高着自己对道学的领悟。在人间和大地上行走，他以世界作为一面镜子，既看到了人间的疾苦，也看到了道存在于万象之后。在这个时期，他写了大量的诗篇，明志，记心，立言，后来都收入到《磻溪集》里，让我现在读起来也是爱不释手，十分欣喜。

八

六年之后的一天，我师父接到了全真教掌教马钰马丹阳写来的一封信。他希望我师父前往陇山的龙门洞继续修炼，广为传播道法。

我师父立即启程前往陇山的龙门，居住在一条大河边悬崖上的山洞里。他可以看见，龙门峡下的河水大浪滚滚，浪涛拍击着岸边，激荡起的浪花像雪花一样飞溅。似乎有千沟万壑里的水都在汇集，连石头都在呼号。眼看大河越流越远，到了远处，与天边的白云连成了一体，如同翻开来的洁白的棉被一样。这样的美丽胜景实在难以言表，师父看到之后，情不自禁就会到山洞中挥毫泼墨，写上一幅字。

他觉得，以隔绝自身的方式斩断了和红尘世界的联系，潜心修行，一定能够悟到更多的东西。这个时期，他对养生有了更多的研究和体会，结合自己在中医方面的知识和经验，他写下了《大丹直指》和《摄生消息记》，深入地探讨了养生的各种问题。

比如，在《摄生消息记》中，他写道："在阳春三月里，万物复苏，天地之间一切都在生长，这就是顺应了天时。人也应该日落而睡，日出而起，在田野里散步，按照呼吸的节奏走路，来使自己内心的志气生长。面对任何生命，都要让它自由生长而不要加害，要给予而不是索取，要奖励而不是惩罚。这就是应和了春天里万物复苏的道理，也是养生最重要的道理，就是顺应天时地利。"

我师父潜心修道两年之后，附近的富贵人家、王公贵族以及一些文人才子，还有贫民樵夫，杀猪的卖菜的，纷纷前来拜访，问吉凶祸福，也问天时感应。当地的官员和富商还给我师父在龙门建造了一座小道观。我师父也与他们坦然交往，应酬唱和，十分融洽。

我师父也招收了两名聪颖的徒弟，跟在身边，并打理道观的事务。但在龙门住到了第六年，发生了一件事，促使他打算离开龙门了。

在龙门洞修炼的时候，距离洞口不远的地方，有一棵千年的古木，非常珍奇。我师父看到那棵比自己活得长得多的树，就认为是灵物，把这棵古树当作好朋友，经常在树下读书，练剑，做五禽戏。有一天，陇县的衙役班头带领一干差人，上山要砍掉这棵古树，我师父立即制止了他们，问："你们要砍这棵古树干什么？"

班头打躬道："道长，我们知县大人的父亲去世了，要打制一口棺木，听说这棵树已经有上千年了，因此特来砍伐。"

师父说："不行！千年古木，就已经变成灵物了，岂能随便砍伐杀生？而这棵树也是贫道的朋友了，砍伐它就如同杀掉我的朋友啊！你们回去吧。"

班头知道我师父的名气，也不敢得罪，就说："道长，您是得道高人，可知县大人吩咐下来的事情，我们也不敢怠慢，不如，您跟我们一起去向知县大人亲自说明吧。"

我师父说："好！"就跟随他们来到了县城，进了县衙门。见到县官,知县大吃一惊:"丘道长,您怎么来到本衙?"

我师父呵呵一笑:"那棵千年古树已经是灵物了,也是我的朋友,砍它如杀我啊!"

知县明白了:"树毕竟是树嘛,不是人啊。"

我师父说:"大人,错了。此树非凡树,已经比我更有灵性。知县大人对父亲守孝道,想来您是善良的人,对吧?"

知县说:"当然啊,谁都有父母亲,我父亲去世了,我给他寻口好棺木,自然是常理啊。"

我师父说:"对,守孝道,当然是常理。可最常见的善,就是救物。救各种生物,包括一棵树。"

知县说:"有道理,'常善救物',可您把这棵树当作朋友,是不是也很自私呢?"

我师父笑了:"不然,只有给予的时候才是无私的,您要夺掉它的命,那是您自私啊。与物无私,这是您应该有的境界。"

知县也是知书达理之人,他笑了:"道长说得好,'与物无私',我听您的,这树不砍了,您请回吧,我另寻木头。"

我师父欣欣然回到了龙门洞,赶忙想到那千年古木前祷念,却发现那棵古树已经被砍伐了,只留下了一个巨大的树疤。

我师父很痛心,以为是县官悄悄派人干的,可路过的村人告诉他:"是樵夫胡大进给砍了!他要在县城盖房子,娶媳妇,拿去做新房的房梁!"

我师父甩手对徒弟感叹道:"罢了罢了!我阻止了县官的差人砍伐灵树,却阻挡不了愚昧的樵夫砍伐啊,保护不了我的朋友,是我的耻辱。我决计离开这里了!"

不久,他收拾好行囊,带领两个徒弟就离开了龙门。在他们飘然而去的背影下,有一棵古松树上,贴着一张大纸,上面有他写下的一首诗《陇山松》:

> 我居西山时六年，山西上有松孤然。
> 朝云霏微接关塞，暮雨淅沥交洞天。
> 天生此境为吾伴，隔涧相陪远相看。
> 郁郁苍苍气色佳，萧萧瑟瑟风声贯。
> 连枝合抱垂重阴，受命已经千载深。
> 如何今岁上春月，平地忽遭樵斧侵。
> 斧声丁丁响溪谷，松烟惨惨愁山麓。
> 也知天意我将归，故遣灵岩尔先覆。
> 景亡人散复何陈，空山黯淡悲游人。
> 白鹤高飞失行止，苍龙偃卧无精神。
> 亦知物象终难固，凡百有形皆有数。
> 高歌物处归去来，大隐廛中益开悟。

这首诗里明确地表明我师父要离开的心志。据传说，那个砍伐了古树的樵夫，新房子后来也没有盖成。那古木房梁在吊装的过程中，忽然砸了下来，当场把那个樵夫给砸死了。于是，喜事就变成了丧事。

这就叫做万物有报，寿数都是固定的啊。

九

　　我师父带领徒弟，离开了龙门洞，到达了终南山下的祖庵。这个时候，马钰马丹阳道长早就离开了那里，前往山东传道，并于三年前去世了。

　　我师父到了刘蒋村，主持全真道观的道长是马丹阳的徒弟吕道安。我师父到达之后，就与吕道安一起主持整个陕西的全真道业。

　　一年之后，金世宗诏请我师父前去宫廷讲道。

　　给皇帝讲道，是荣幸的事情，也是一件棘手的事情。我师父有些犹豫。因为，在去年，王处一道长也曾被诏请到宫中，给金世宗讲道。可这个金世宗，是一个很多疑的人，他对道教，尤其是全真教的发展和扩大十分警惕。因为从秦朝到汉朝，在山东一带，神仙方士就很多，秦始皇也杀了一些方士。在几年前，山东河南的五斗米道和太平道的起义，也是皇帝十分害怕和头疼的事情，金世宗因此就限制道观的数量和教徒的数量发展。

　　后来金世宗的统治稳固了，年纪大了，他的身体也逐渐出了问题，这才又开始关心全真教的情况，尤其是想问道于成仙得道的人。

王处一道长一直在山东传道,他屡屡显示神迹,惊动了朝廷,因此,金世宗前后五次诏请,将王道长请至宫廷。王道长也有很多佳话。他曾经在铁槎山云光洞中隐居了九年,白天在街市里行乞,晚上就回到云光洞中修炼,东面大海,下面就是万丈深渊,每天可见日出日落,可以说他是临渊而不惧怕。来看他的人,发现云光洞所处的位置,只容一个人通过,下面的悬崖深不见底,简直是令人毛骨悚然。

只有在艰苦的环境里修炼,人才可以大成。九年之后,王处一道长终于得道了,传说他从洞中出来的时候,因为服用了自己炼制的丹药,顷刻之间可以由鹤发变成童颜。下山之后,他帮助人驱逐鬼怪,利用医术使人起死回生,解梦招魂等等手段,显示了不少的神异,名声很大,因此,金世宗诏请他讲道,心里也是有些狐疑的。更有嫉妒全真教的佛家人,背后给金世宗出主意:既然王处一王道长是神仙,大王您何不赐他毒酒,来检验检验他到底是不是不死的神仙呢?

这一招是借刀杀人,十分阴毒。金世宗果然在诏请王处一道长的时候,听他讲完了道,就赐了王道长毒酒三杯。听说,王道长知道是毒酒,也一饮而尽。趁如厕时吃下了自己配制的丹药"九阳活络丹",虽然后来口鼻流血,所幸没有丢掉性命。金世宗因此真的就觉得王处一王道长是得道的神仙,才开始对他礼遇有加。

我师父也有这个层面的顾虑。伴君如伴虎,虽然我们是出家寻道之人,可也无法预测皇帝的喜怒无常。我师父踌躇的就是这一点。但是,他也知道,和君主靠近,让君主认识到全真道教对教化人心的重要性,对道教本身的发展是有用的。因为君主可以弘扬宗教,也可以限制宗教,君主对全真教的态度,决定着全真教派的未来。

好在有王处一道长的先前的努力，使金世宗逐渐解除了对全真道教的戒心。他先邀请我师父前往宫中主持万春节的醮事。我师父欣然前往，以繁复的道教仪式，将万春节的醮事主持得非常好。

金世宗接着赏赐给我师父精美的道袍和巾装，以示嘉奖和赞赏。

这一年的二月，金世宗还下令专门为我师父修建了官方的皇家道庵，一个多月之后，这个官庵建成，可见他对道教的重视。

他还下令四公主和皇婶平章母太夫人到官庵，拜见我师父，并问道于他。对于皇族女眷的问答，我师父对答如流，十分亲和。

金世宗接着下令，在官庵中塑造了吕纯阳、王重阳、马钰马丹阳三个道祖的身像，可以说已经把全真教奉为国教了。

我师父知道，金世宗肯定会问道于他。前面做的一切，都是皇帝要亲自问道的准备和铺垫。金世宗的名字叫完颜雍，是金太祖完颜阿骨打的孙子，他前后在位二十九年，是一个比较开明的皇帝，他继承了海陵王完颜亮的皇位，海陵王是一个残忍凶暴的皇帝，被部下叛变后杀死，因此，金世宗即位之后，注重缓和和南宋的关系，休止战争，签订了和平协议，这样可以使百姓休养生息。同时，他注重和汉族文化的融合，使女真族与中原的文化得到了交融。这一点，也是我师父十分赞赏的。

这一年的五月十八日，金世宗正式召见我师父入宫，在寿安宫的长松岛问道。我师父后来告诉我，他去那里，看到长松岛上有一棵松树，非常像他在龙门洞修炼时喜欢的那棵千年老松树。他抚摩那棵老松良久，泪水夺眶而出。

忽然，风吹动古松，古松的松针发出了天籁般的音乐声，似乎是在说话，告诉师父莫要悲哀。我师父的心情才平静了下来。

不久,金世宗由人搀扶着,缓缓驾到。他给师父赐座,问:"真人,我来,是想问你问题。你能不能猜得出我会问什么?"

我师父微笑道:"呵呵,贫道当然晓得。陛下今年年届六十六岁,是不是已经感到有些精力不济、头晕眼花?"

旁边的侍卫脸色都大变,觉得我师父说话这么直率,实在太大胆了。但金世宗完颜雍挥手让侍从退下,长松岛的亭子里,就剩下了我师父和皇帝两个人。皇帝和颜悦色地说:"正是。真人,寡人已经当了二十八年的皇帝了。的确,现在时时感到有些精力不好、力不从心了。"

我师父说:"这二十八年,陛下您励精图治,鼓励人民休养生息,又和南宋议和休战,民望甚好。可以说,也是为民而殚精竭虑的啊。"

金世宗很高兴:"真人所说的,寡人领受了。我想问道于真人的,就是长寿之道。真人,有没有延年益寿的丹药予我呀?"

我师父说:"陛下,您年轻时就享受到了荣华富贵,从您的脸色看,是色欲过度导致的不胜疲惫。我听说,您近来上朝,都是由两个人搀扶着的?"

金世宗面有愧色:"寡人有疾啊,寡人好色——哈哈,皇帝都是一样的。年轻的时候精力好,不知道精力也有衰竭的时候,现在寡人的确经常觉得头晕眼花,腰腿酸疼,看奏折都看不下去啊。"

我师父说:"陛下,长生之道,长寿之道,都在于珍惜精津,保全心神。身体分泌的液体都是有数的,早用早完。心神不能乱,要保全和稳定,这是修身之道的根本。这一点,皇帝陛下今后要注意了。而约束自己,以无为治理天下,是皇帝治理天下之本。这一点,皇帝陛下您做得很好。"

皇帝说:"真人有褒贬,有抑扬,寡人听懂了。"

我师父说:"大富大贵,骄奢淫逸,是常人很难克服的。而皇帝生来就拥有这些,不足为怪,因此,更应该兢兢业业地自我克制与防范。如果陛下能够节制欲望,养精蓄锐,陛下的身体马上可以恢复。我这里有具体的良方呈上。"

金世宗很高兴,接过良方,仔细地阅读:"真人是我的良师益友,寡人会常请教于真人的。"

我后来问师父:"师父,您给皇帝的良方,都是些什么内容啊?"

师父告诉我:"都是如何节制欲望的具体办法。无非是知会皇帝如何减声色、省嗜欲的办法。也就是《道德经》中谷神那一章的细化。"

我很好奇,问:"您是怎么细化的?"

我师父说:"我曾经问皇上,七天一个周期和皇后嫔妃交合一次,行不行?皇帝说,不行。我又问,那五天一次呢?皇帝说,不行。我说,那三天一次呢?皇帝说,可以。我们就说到这里为止了。"

后来,金世宗又让自己的大儿子和六儿子两次问道于我师父,问的全是如何治理国家、如何爱民的话题。

我师父一一作答,王子都很受益。

一个月之后,皇帝又再次召见我师父,我师父见到皇帝很高兴:"陛下,您脸色红润,身体康健,走路已经健步如飞了,很好啊。"

金世宗说:"我听了真人的话,按照真人的良方行事,身体果然大好。这一次,我想问的,都是老子的《道德经》的一些问题。"

师父进呈世宗皇帝诗一首:

九重天子人间贵，十极仙灵象外尊。
　　试问一方终日守，何如万里即时奔。

　　皇帝和我师父言谈甚欢，我师父引用《道德经》经文达到了十九章，一一对答。皇帝那天很高兴，赏赐师父上林桃一盘。

　　面对那颜色喜人的桃子，不吃水果已经多年的我师父，破例吃了一个。

　　这年的八月，我师父得到皇帝的支持，前往全真教的祖庭，陕西终南山刘蒋村弘扬道法。皇帝特地赏赐金钱十万，用于修建道观等。

　　我师父坚决推辞了，没有要。由于受到了皇帝的礼遇和鼓励，我师父在前往陕西的路途中，广为宣传道教，他对全真教的发展充满了信心，因此，在山东、河南等地，停留了几个月，广收门徒，并且修建了三个道观。

十

我师父在去往陕西的路上,得知了金世宗驾崩的消息。这是在来年的二月春天。当时,师父是意气风发,正在为扩大全真教的影响而奔走,收门徒,建道观,一点都不觉得疲倦。听说皇帝驾崩了,我师父的心情很悲痛。毕竟,金世宗是一个支持全真教派事业的皇帝,有皇帝的支持,全真教本来可以有很好的、更大的发展,可是现在,忽然,皇帝没有了,那就不知道未来会怎么样了,因为,继位的人会怎么看待道教,是无法预测的。

我猜测到了师父当时心里的一点惶惑。他感叹道:"呜呼哀哉!生死事大,贵为君主,拥有四海,也不能长生百岁,又有什么可以比拟的呢?"他写挽诗道:

哀诏从天降,悲风到陕来。
黄河卷霜雪,白日翳尘埃。
自念长松晚,天恩再诏回。
金盘赐桃食,厚德实伤哀。

我师父的哀痛和担心是有道理的。继位的是世宗的孙子金章宗完颜璟。他虽然喜欢汉族文化，能书法，一手毛笔字写得很漂亮，善国画，画的山水花鸟都很好。他还提倡女真族和汉族通婚，提倡民族文化融合。但他对佛、道宗教都很排斥，尊崇儒家思想，把儒家思想当作治理国家的良方，下令全面限制全真教的活动，要求三品以上的官员家里，不许有僧人和道人出入，也不许再建设道观。他认为，全真教有迷惑民众的嫌疑，即位一年后就下令全面禁绝道教活动。

新皇帝的这些举措，无非是害怕全真教的发展会威胁他的统治。因为有很多农民起义就擅长借用一些灵异的事情，作为天道不存的预兆和显像，来揭竿而起。

我师父在陕西，就明显地感觉到金章宗收紧了他的爷爷金世宗对道教的宽容弘扬政策。他在终南山的祖庭主持全真教的事务，发现在陕西处处受到掣肘。于是，他萌发了回到山东老家，去那里开拓道教事业的心念。因为在山东，经过了二十多年的发展，道教事业蓬勃兴起，并没有因为新皇帝的禁绝而遭受打击。

回乡的念头一起，就再也压不住了。他想起了小时候在公山、母山和艾山上玩耍的岁月，想起了那些帮助他成长的乡亲，觉得回到故乡是最好的选择。

明昌二年夏，他安排好陕西的全真教事务，继续派自己的弟子到各地执掌教门，他则回到了山东栖霞。在老家，他建造了滨都宫道观一座，题写了匾额"太虚"。道徒们因为他的到来，逐渐会聚到胶东半岛，香火也越来越旺，即使有金章宗的严令压抑，也压制不住道教的发展，因为长春真人的名气太大了。

眼看滨都宫修建成功，连巨大的木材都从北方运了过来，他很高兴，写诗一首《修滨都观伐木海北》如下：

修殿乏材，令工师伐木海北。至滨，阴风殆十余日。秋八月九日，方西南风，伐木乘之，始达胶东。
　　日落金风顺，潮平伐木开。
　　云帆争岸急，晓日映天来。
　　海北虽多难，胶东幸少灾。
　　不忧成大厦，已见得良材。

　　在滨都观，来的门徒众多，而山东全境的道众也很多，良莠不齐，各色人等都有，我师父特地撰写了《全真教榜规》，固定了道徒们的行为举止以及修炼的规矩。我师父还亲自指挥徒弟，在滨都宫道观的东院墙外面，打了一眼水井。刚好第二年大旱，我师父准许四周的百姓可以来这里挑水吃，为大家救急。后来，有人在井边立了一块石碑"长春仙井"。
　　由于我师父在陕西和山东名声越来越大，四方人士也都纷纷请他出去讲道，他就留下弟子在滨都宫太虚观执掌教务，开始云游山东的很多地方，和当地的仁人、名士交往。
　　他去了登州、莱州、文登、青州、芝阳、福山等地，在那里设坛布道，讲解全真教义。
　　这一阵子是师父心情最好、比较逍遥的时候，他写了很多诗篇，用来记述他的行踪和心情。这一段时间，也是我逐渐成长，并一心向道，打算追寻道义的时候。检视我师父这段时间的诗作，我很是喜欢。这就是我为什么来到一个地方，就听到真人又到了另外一个地方的原因。
　　我师父登崂山和蓬莱，都曾诗兴大发。他写崂山的诗有二十首，其中一些诗句是这样的：

一

　　牢山本即是鳌山，大海中心不可攀。
　　上帝欲令修道果，故移仙迹近人间。

二

重岗复岭势崔嵬，照眼云山翠作堆。
路转山腰三百曲，行人一步一徘徊。

三

白发苍颜未了仙，游山玩水且留连。
不嫌天上多官府，只恐人间有俗缘。

蓬莱仙岛的传说也让我师父诗兴大发。在海边，在大海上，我师父顿时觉得眼界开阔，心情舒朗。他写诗《望海》一首：

海色吞天色，风声杂水声。
云翻鱼鳖骇，雷动鬼神惊。
射激千岩险，汪洋万里平。
时无钓鳌手，掷犊引长鲸。

犊，指的是被阉割的牛，我师父写的这首诗气势如虹，意思是他既然没有钓大鳌的钓钩，那他就把一头阉牛扔到大海里去吸引长鲸，这是怎样的气魄啊。

我师父还又来到了昆嵛山，重温自己当年在重阳真人的教导下，入得教门的岁月。他仔细地察看了当年修道的地方，修葺了神清观，写了十六首诗篇，还给昆嵛山的很多山峰命了名：长松岭、升仙台、云阳洞、天门山、海潮崖、望海台、风云石等。

就在我师父四下云游的那几年里，山东、陕西、河南、山西这些地方，又开始了战乱。因为连年的旱灾导致民怨沸腾，杨安儿和李全领导的红袄军在登州起义，并迅速攻陷莱州，还接连打败了前来围剿的金军。

此时，金章宗已经驾崩死去，继位的是卫绍王完颜永济，但不久也因为蒙古大军对首都中都的两次攻打，引发了内乱，被叛军裹挟后毒死，金朝宫廷内部乱局陡生。

攘外要先安内，完颜珣降旨请求我师父长春真人前往登州招降红袄军。我师父去了，结果红袄军放下了武器，投降为平民了。登州和莱州因此平定了下来。

我师父的名声因此更加巨大，也引起了蒙古人、金人和南宋朝廷的三方注意，他们都想来拉拢我师父，使我师父为他们效力。这个时候，全真七子中的王处一在玉虚观升天，全真七子就只剩下我师父一个宿老了，他的影响力和地位进一步提升起来了，德高望重，被人称为"神仙"。

就在这个时候，我来到了师父身边，入了道门，成为了他的徒弟。

十一

当年,我从河南一路往东,到山东栖霞寻找师父长春真人,一路上见到了太多的尸体,真的是饿殍遍地,民不聊生。那些年,北方的金国、南边的宋国,还有更北面的蒙古人互相不断征战,山东境内也出现了地主、豪强、起义军和盗贼,不断地争夺着我所经过的大片区域。战争使人的生命变得非常脆弱,很多和我一样困惑的人,都加入到我师父丘处机主持的全真教,来寻求生命的真谛。

全真教的教众就是在那些年迅速增加了的。我的师父丘处机的名气也越来越大,信众越来越多了。后来,他的师兄王处一去世之后,他就成为全真教的新教主,并由栖霞太虚观转到了莱州的昊天观居住和修习。

我师父非常关心民间疾苦,在金宣宗贞祐三年,山东发生了大饥荒,我师父劝说金朝官员开仓赈济,但此时,金朝皇帝面临蒙古大军的南下威胁,已经没有心思顾别的了。

我师父出外作法事,看到了因为饥饿而死的人有很多,有的尸体都可以透过皮肤看到内脏,有的则是只剩下了肋骨条条。他非常痛苦,立即下令全真教的各个道观全部开仓放粮,赈济百姓。我师父还和我们这些弟子一起，开始了田间的劳作，希望明年能够有好收成。他领着我们在道观附近种菜种玉米，也让我体会到了农耕的乐趣和艰难。

我师父为了悼念那些死于饥荒的死者，写了两首题为《愍物》的诗：

> 天苍苍兮临下土，胡为不救万灵苦。
> 万灵日夜相凌迟，饮气吞声死无语。
> 仰天大叫天不应，一物细琐徒劳形。
> 安得大千复混沌，免教造物生精灵。

> 呜呼天地广开辟，化出众生千百亿。
> 暴恶相侵不暂停，循环受苦知何极。
> 皇天后土皆有神，见死不救知何因。
> 下士悲心却无福，徒劳日夜含酸辛。

在战乱频繁的那些年，金国、宋国的君主和将领，因为我师父的大名，曾轮番请他讲道，他都一一拒绝了。虽然早先他曾经给金世宗讲过道，也得到了金世宗的礼遇，师父很感念，可后来金章宗大兴儒学，压制道教，我师父也是历历在目。现在，全真教已经成长壮大，君主们都想要拉拢他为自己的统治服务。

我师父从来不惧怕权贵，也不怕皇帝。他知道，世界上，谁有了权力，谁就可以拥有很多现世的东西，可以做很多事情。因此，让当权的人为道家做点事情，为劳苦大众做点事情，也是我师父的隐秘心愿。他并不拒绝和君主权贵来往，总是利用这样的时机，给他们讲道，告诉他们顺应天时地利地做事情。

但后来，中原沃土上，蒙古人、金人、宋人互相厮杀，西辽、大夏、大理、吐蕃隔岸观火，合纵连横，人间的权力更迭和角逐非常激烈，局势似乎很不明朗。我师父就不再答应出去讲道了。拒绝的理由，师父从来都没有告诉我，但是我知道他内心的忧虑，他要小心翼翼地保持全真教的独立性，并在金国、宋国和日渐强大的蒙古鞑靼人之间保持微妙的平衡。

金宣宗贞祐四年，皇帝派使者前来，请我师父出山到开封的南京皇宫里讲道。两年前，蒙古大军攻击金国的首都中都，金宣宗吓破了胆，他迁都于南京开封，偏安在那里，心怀恐惧，不知未来的命运，很想让我师父去解答他内心的困惑。

我师父拒绝了使者。他说："天道运行中，我不敢违背。贫道不能出山。"

又过了两年，南宋皇帝派彭义斌将军请我师父去临安，为皇帝出谋划策。我师父当场就拒绝了："国师哪里是我这个道人能担当的，抱歉，贫道不能出山，否则，就违背天道了。"彭将军再三延请，师父也没有答应。他只好打退堂鼓了。

莱州的地方官看到金国、宋国那些失望的使者不断地无功而返，害怕惹祸上身，就到昊天观，登门劝告我师父答应他们的请求。

我师父说："你不用紧张，我的行动取决于天，你们不会明白的。到了留不下来的时候，我自己就走了。"

我猜想师父是在审时度势。我问他："师父，皇帝会派军队来骚扰我们吗？"

师父看着我："天时，是什么？"

我说："天时，就是天所规定的时间。"

师父问："那如何把握天时？"

我说："把握天时，要审时度势，那需要超人的智慧啊。"

我师父说："你悟性很好。但超人的智慧，任何人都需要历练。我也是这样。有时候，我是凭直觉行事。你想问我，过去我曾经答应了金世宗，去给他们讲经说道，受到了礼遇，怎么现在南宋和金国都派人来，我反而不去了呢？"

我说："我想，是因为师父觉得天时未到。"

师父笑了："对，但那是我应付那些使者的话，你不用拿来应付我。徒弟啊，你是个机敏的人，我告诉你，现在，天时的确在变，你看，季节在更替，日月在轮转。而大地上的势力也在变化。此消彼长，我要好好观察一下再说。"

我说："师父，我知道蒙古人气势如虹，不断将金国人往南边赶。显然，他们的势力在增长啊。师父，辽人、金人、蒙古人，他们都是一些什么人？为什么这些来自北边的蛮夷，总能崛起于草莽之间呢？"

师父说："辽人是契丹族，金人是辽人管辖下的一个旁系。但蒙古人似乎和辽人与金人没有族源上的紧密关系。他们都在大漠的西边和北面，过着打猎放牧，饿了吃肉、渴了喝血的生活，适应能力很强，打仗非常勇武强悍。尤其是可以借助马的四只蹄子，奔跑在大地上，像旋风一样，就把汉人给扫平了。"

我说："可有时候，他们的兵马过去了，就过去了，就像一阵风那样，无法持久。"

师父说："对。但蒙古人的确是气势逼人。我听说，蒙古人的新皇帝叫成吉思汗，是一个非凡的人物。我还听说，他忍辱负重很多年，终于找到了时机，将大漠北边的草原上那些分散多年的部落统一了起来，开始有了争夺天下的雄心。他手下的大将也异常凶猛勇敢，接连克胜金国的城池与领土，基本上要灭掉金国了。而且，蒙古人也很有谋略，眼下，他们的策略是联合南宋攻打金国。"

我问："师父，那南宋江山会永固吗？"

我师父说:"不会。金国灭亡了,接下来,蒙古人就要灭掉南宋了。"

我说:"这唇亡齿寒的道理,宋君主还不知道吗?"

我师父说:"他们知道是知道,但宋和金是仇敌啊,一百年的仇敌,仇怨是无法消解的,必须除而后快。现在,我听说,成吉思汗将南下攻打金国的大权交给了一个叫木华黎的大将,他自己则往西走,率兵攻打大夏和西辽去了。据说,一路上也是所向披靡,势如破竹。天时在变化,很快,会有新的结果了!"

我师父的眼光是深远的。他对时局的分析十分透彻。我师父已经看到,雄才大略的成吉思汗将打败金国、大辽、西夏和南宋,成为彪炳史册的新的统治者。

我师父的深谋远虑让我这个徒弟开眼,我问:"您说的天时,我现在明白了!"

我师父说:"记住,天空中出现白鹤的时候,我们就要出门远行了。"

十二

八月之后，暑气渐渐地消弭了，天空变得更加的晴朗，凉爽之气从大地的深处升起来，透彻心肺。我们都添了衣裳，抵御那早晚的凉气，利用时间勤奋读书论道。

我听说，燕京已经为蒙古人所占领。金国和南宋交战之后也失利了，金国可以说是腹背受敌，苟延残喘了。山东境内眼下似乎倒安定了许多，这多少和师父传播道教也有些关系。

我师父曾说，有白鹤出现在空中，就是我们远行的时候了。看来，师父认为我们一定会远行。那么，我们会远行到何处呢？自从跟随师父求道，我就没有再离开过山东。那么，我们会到哪里呢？

我常常望向天空，寻找白鹤的踪迹。可是一直没有看到，只看到了南飞的雁阵，掠过的苍鹰和大片的白鸽。再往后，天空中飘落的，就是漫天的黄叶，随着西风漫卷，像雨水一样从天空里斜刺着掉下来，落在我们的脚边，打算来年化作春泥片片。

这一年十二月，已经是冬天了，天气异常寒冷干燥。一天早晨，我们正在跟随师父练功，忽然，师父抬头看着什么，面露微笑。我们也停下五禽戏的动作，一起驻足往天上瞧。我惊喜地看到，在远处的天空中，有一行白鹤，真的有一行白鹤，正在翩然飞过。

"白鹤！白鹤！"我和师兄弟都在大声叫道。

我师父凝视良久，长啸一声，说："上天派使者前来了。天时到了，马上就有客人来了。这一次，恐怕，我们要远行了。"

"远行？我们要到哪里去？"我们问师父。

"你们要准备好行装，听我安排。"然后，他嘱咐我说，"志常，你现在带几个人，到大门口去迎接远方的客人吧。"

我听了师父的话，有些将信将疑，因为我没有听到一点靠近道观的脚步声。但我知道，师父一向料事如神，预感十分灵验。

我赶忙带了几个弟子来到大门口，站在门口谛听。果然，不到半个时辰，就有马蹄声嘚嘚而响，由远及近，密集地叩响了石板路，杂沓的马蹄声也敲击着我们紧张的心。因为，我听出来了，那马蹄是征战者的马蹄，是镶了金属马掌的战马的马蹄。我在过去赶路的时候，曾经多次在旅店里被这样的马蹄声惊醒。而这样的马蹄声随之带来的，往往是血腥的杀戮，是尸横遍野的景象。

我正感到紧张，忽然听到那马蹄声慢了下来，然后，就是人下马、拴马声，就是马嘶声。接着，响起了三声叩门声。

我们打开了大门，我看到，一个汉族文官大臣带着二十多个彪悍的蒙古鞑靼骑兵，已经下马站立成三排，面向道观的大门。那个汉族大臣穿着朝服，和颜悦色地上前问我："我是成吉思汗的侍臣、宣使刘温刘仲禄，前来拜见长春真人丘处机道长。真人丘神仙老人家，他今日可在观内？"

我明白了，他们一定是来请我师父去给成吉思汗讲道的。我师父曾和我说过，现在蒙古人的力量在迅速强大，成吉思汗不仅统一了漠北各个部落，还南下打击金国，使金国全面崩溃。如今他要请师父去讲道了，师父会不会答应？

我回答说："我师父在，刘宣使，您现在跟我来。"

我立即快步引领刘仲禄大人前往内庭，去见我的师父。其他的鞑靼骑兵跟在后面，威武雄壮。他们脚步整齐，身材高大，脸膛开阔，眼睛很细，但却聚光有神。虽然我不知道他们已经走了多远的路，可看到他们的神情非常坚毅勇武。他们身上带着大大小小的冷兵器，长刀、短刀、斧头、匕首、流星锤，互相撞击着发出了铿锵的声响。

进入山门，过了第一道大殿，我说："宣使大人，您可否让护卫们留在大殿外的银杏树下等候？他们带着兵器，道宫里不好随便出入。"

刘大人对那些护卫他的士兵说："你们在那棵银杏树下等候吧。我让你们进来再进来，我不会有安全问题的。"那些卫兵就停下了脚步。

我带领刘仲禄大人继续往里面走。到了师父居住的内室厅堂，我看到，我师父早就装束整齐地站在那里等待了。两下见面，刘仲禄先行礼，鞠了一个深躬，非常恭敬地出示了一面带有老虎头饰的金牌，说："长春真人，丘道长，神仙大人，您看，这是成吉思汗给我的、要我请您去讲道的金牌。"

我师父接过那面虎头金牌，看到上面写有"如朕亲行，便宜行事"几个字。我明白那几个字的意思是，见到虎牌的人，就如同见到成吉思汗一样，必须小心认真地接待。

见到师父没有说话，刘仲禄大人又上前单腿跪下，捧起一卷黄绸横轴，说："神仙，这是成吉思汗下的诏书，请您去当面讲道，万望真人不要推辞。"

我师父把金牌还给他，然后接过了黄绸诏书，缓缓地打开。他见到上面书写着简短的一段话，轻声地念了起来："神仙道长丘处机：朕久闻神仙的大名，是得道高人。朕特命宣使刘仲禄代表朕前来迎接神仙，望神仙不辞辛苦，前往朕的漠北大营，面授机宜，讲道解惑于朕。钦此。"

我师父卷起诏书，说："刘大人，成吉思汗是雄才大略之人，贫道面见他，担心讲不好啊。"

刘仲禄站起来说："神仙名重海内，成吉思汗特下诏书请求面授机宜，于他也是少有的事啊。"他走近师父的跟前，又说，"神仙，我听说，您已经三百岁了，我就告诉成吉思汗了。他听我这么说，非常惊异，就非常想见到您，特别想请您去讲讲道。"

我师父看着刘仲禄，笑了："刘大人，您看我像三百岁的人吗？"

刘仲禄说："像啊，怎么不像，我看，您还像五百岁的人呢。道长，世间传说您三百岁已经有很多年了，我们可汗自然也深信不疑。"

我师父说："呵呵，我想，那都是刘大人美言的结果。我想问，成吉思汗陛下请我去讲道，他想听些什么呢？"

刘仲禄说："神仙啊，我们走了六个多月才来到您这里，今天得见神仙的真容，果然不凡。您是活神仙和得道者，成吉思汗因此专门派我前来，延请并护送您到他在大漠北边的行宫，想当面向您请教长生之道。"

我师父说："可是我只有养生、护生、顺生之道啊。我不是长生不老的神仙。"

刘仲禄说："我们皇上的心很诚，他感觉自己现在年事已高，精力疲乏，十分想请神仙指点迷津。因此，请您务必前往讲道。他也说了，不限抵达时间，但是要求我们一定要请到您。要不然，我的头就要被砍掉啦。"

我看了看刘仲禄，想象假如他的头掉下来，会是什么样子。那不过是碗大的疤癞。谁让你随便瞎吹牛，说我师父有三百岁呢。可是，我忽然有些害怕，不知道我们真的出门远行了，会走多远？会到达哪里？那里又会是什么样子？不知道有何吉凶祸福在等待着我们。也许，我的一生从此就改变了，就如同那飞翔的白鹤，在白云中，在天空中缥缈着隐现，再也回不到人间了。

想到这里，我的心怦怦直跳。我看到师父沉吟了片刻之后说："刘大人，现在是战乱时期，您看，金、宋等国争战不休，您还穿越战区，冒险前来，真的是不容易，鞍马劳顿了，应当先好好歇息。我好好考虑考虑吧。"

师父的面容沉着而宁静，我猜想，他不会拒绝刘宣使的请求的。因为，自从蒙古鞑靼人、金人和宋人之间爆发连年兵火，他就很注意在各种政治势力之间寻找平衡。现在，成吉思汗崛起于北地，必然会灭掉金国，接下来就是南宋朝廷。而与成吉思汗的接触，可以使我师父养生、护生、顺生的道法得到很大弘扬，我师父一定会那么选择的。

刘大人鞠躬道："神仙，您要是不答应，我可就不起来了！"

果然，我师父笑道，"刘宣使，说实话，我不是神仙，也没有活到三百岁。不过，既然成吉思汗这么诚心延请，那我就答应您，可以前往他那里讲道！"

刘仲禄赶紧单膝跪下了："谢谢神仙，您答应就好，我这颗脑袋算是保住了。"

我师父又说："不过，刘大人，你看，这里招待你和随从几十个人，饮食安排很不便。我知道你们爱吃牛羊肉，可我们道人吃的都是草根、菜叶和豆腐之类的东西。因此，我想请你先到益都等候几天，等我做完了上元节的打醮，你们再派人来接应，我也挑选好随从，准备好东西。我们约好，十八日就出发，如何？"

刘仲禄非常高兴，"真人，您真是得道的神仙啊。好，就这么办！"他一拜、再拜、三拜之后，带领他那些全副武装的蒙古兵上马就走，嘚嘚而去。

十三

他们走了,马蹄声完全消失之后,我们几个徒弟都围在师父的身边,感到惶惑和不安。但我看到,师父却显得神闲气定,并不吃惊,而是看着目瞪口呆的我们,说:"你们傻了? 呆了? 你们去照照铜镜,看看你们都是什么表情啊!"

我们几个徒弟不好意思笑了笑。我问:"师父,我们马上真的肯定要出门远行了吗?"

我师父说:"对,是的,是马上、真的、肯定要出远门了。现在,大家散开,去准备吧。"

其他徒弟赶忙去做自己的事情了,就剩下我一个人在师父的身边。我又问:"师父,您说,那个远方,到底有多远呢?"

我师父沉吟道:"可能比你能想象的远还要远。"

我问:"那我们去那比想象到的远还远的地方,就仅仅为了给成吉思汗讲讲道?"

我师父说:"傻徒弟,我早算好了,天命要让我往西北方向走。面见君主讲道,可以说服他少杀生,多养生、护生,这样,人间生灵涂炭的事情就会少很多,对我们道门也有很多好处。"

我明白了,师父想着和念着的事,就是为了向那个传说中见城破城、不投降就屠城的蒙古人的新可汗面授机宜，建立良好关系，目的是为了能够影响成吉思汗，在他的道法感召下，使更多百姓免于战争的屠戮。

我说："师父，您是大德之人啊。儒家的人都做不到的事，现在，您要去做。"

我师父说："我也是明知不可为而为之呢。或者，无为吧，不要去想未来的事。现在，事情来了，我们顺应着天时即可。"

"师父，那，我们哪些人跟您去呢？"我又问。

"十八个弟子都跟我去。名单我早就写好了。"我师父笑着从怀里抽出一张纸，说："志常，你去念给大家听吧。"

我接过了那张名单，小声念了起来。

是哪十八个弟子呢？这十八个弟子，分别是：赵道坚、宋道安、夏志诚、宋德方、孟志温、何志坚、潘德冲、尹志平、王志明、于志可、鞠志圆、杨志静、綦志清、张志素、孙志坚、郑志修、张志远和我，李志常。

上元节打醮之后，果然，宣使刘仲禄如约派来了十五个蒙古鞑靼骑兵，却不见刘仲禄本人。这些护卫是保护我们师徒上路的。可刘仲禄到哪里去了呢？我心生诧异。这刘仲禄是一个汉族人，据我师父说，刘仲禄的脑子很灵光，他很擅长制作鸣镝和其他各类奇巧的武器，敬献给成吉思汗后，获得了成吉思汗的信任，因为他打仗需要各种奇巧的武器。他还给成吉思汗献上了中草药，治好了可汗的风寒症，深得成吉思汗的欢心。就是他告诉成吉思汗，我师父已经有三百岁了，才使得成吉思汗动了请我师父讲道的愿念。我立即通报师父，那些护卫我们上路的骑兵已经抵达，希望我们即刻起程。

我师父说："这也是天意，天意让我七十多岁了却要骑马乘轿西行。我估摸这路程不会很近的。大漠北边，从来都不是汉人去的地方，那里的景象很难料啊。"

我说："师父，当年玄奘西天取经，行程万里，历经千辛万苦，才取得了真经。我们不会跑得像他那么远吧？我听说，从这里出发，到大漠北边的成吉思汗的大帐，据说一个多月也就到了。"

我师父沉吟道："恐怕我们一动身，你计算时间的单位，就要按年来计算了，而不是月、天和时辰了。不信，你到时候看吧。"

我师父一向都很信守承诺。在十八日这一天，我们一行按时出发了。

我们很快就到达了山东青州。在那里，依旧没有看见刘仲禄，原先他说要在这里等我们的。接应我们的，是南宋守卫青州的部队主帅张林。张林原来是金国的汉族将领，最近才投降宋国，我师父觉得这个人首鼠两端，不敢轻信他，问他："刘宣使到哪里去了？"

张林给师父施礼之后，说："真人，刘大人带来的不止护卫你的这十多个骑兵啊，他带来的是四百多个精锐的铁甲兵呢。突然来了这么多精悍的蒙古骑兵驻扎在临淄，当地的百姓十分害怕，以为是蒙古人占领了那里，就纷纷逃跑，宣使刘仲禄大人为了不惊扰他们，专门去做说明了。其实，那些骑兵都是燕京的蒙古主帅派过来专门接应您的。"

我师父说："那我明白了，其实他们不必如此兴师动众啊。"

张林说："真人，您不知道，这个刘仲禄大人，从大漠北面的乃蛮部落的大帐出发，到达这里，走了半年的时间，可够辛苦的。他们非常重视您的西行。真人，您此去的路途，想必也十分艰辛啊。"

我师父笑了笑："张将军，路途看来很遥远。那我们就不在这里停留了，我们去找刘宣使的足迹吧。因为，只有他知道我们往西方的路到底该怎么走。"

张林也不敢留我们，派人护送了一段路程，就离去了。

我们继续前行，到达济阳的时候，我忽然看见了一幕奇特的景象：有一只白鹤在我们的头顶盘旋不止，长长地鸣叫着，久久不愿意离去。大家欢呼了起来："白鹤！白鹤！"都觉得这是祥瑞的征兆，就赶忙禀报了师父。

师父走到开阔之地，看到了那只飞翔盘绕的白鹤还在，也很高兴。白鹤看到了师父，忽然尖利地叫了几声，就往西边飞走了，在身后留下了一阵异香，由风送了过来，我们都闻到了，感到那是一种召唤般的香气，在吸引我们向西行。

我师父抚动着下颌说："看来，此行虽然比较艰难，最终会圆满的。这白鹤的出现，就是祥瑞。"

我们都欢呼了起来。

我们在济阳的素养庵吃饭休息，四下探询宣使刘仲禄的行迹。但谁都不知道他跑到哪里去了。只有那些威风凛凛的蒙古兵保卫着我们，显示了我们一行的重要性。他们在我们的前后分成两队，不怎么和我们说话，保持了相当的距离，却也不离我们左右。

我心里是有些害怕那些宽脸膛的蒙古兵的，他们不怎么说话，休息的时候，就从行囊中取出来牛肉干，用匕首割着，往嘴里塞。这都是一些食肉动物啊，怪不得那么的强悍，攻城略地，毫不手软，杀人如麻，也不含糊，把同样强悍的金人打得落花流水。像我这样吃草和粮食的动物，追求大道、身体显得有些弱不禁风的道人，实在是不能和他们硬拼的，一动手，那就只有死路一条了。那我就剩下什么了？就剩下大脑了，我只有通过智慧来和他们这些强悍的人周旋，就像那个刘仲禄，会制作各种稀奇古怪的兵器，还懂得中草药，就取得了成吉思汗的欢心和信任，当上了成吉思汗的近侍。

我们住下的时候，那些接待我们的道人、官吏和当地的士绅，争先告诉我们，最近，当地总是有白鹤出现。比如，上个月，就有一只白鹤从西北方向飞过来，在当地盘旋不止，后来往东南方向而去了。接着，又有一只白鹤从西南方向飞来，引来了几百只白鹤跟在它后面，一直在人们的头顶盘旋。

当地一个士绅说："我们都不知道这到底是怎么回事，现在，见到了真人丘处机道长一行，我们才明白了，原来，是神仙要经过我们这里了啊！"

我师父说："白鹤是灵物，没有祥和的迹象，它们是不出现的，这也说明了你们一心向善，自有回报。"

在济阳住了两天，等待继续前行。忽然有宣使刘仲禄的消息了，他派人告诉我们，现在，他正在前方的滹沱河边安营扎寨，等待我们，要我们立即赶往那里。

我们匆匆出发了。大家来到了滹沱河边，看到他把渡河的船都准备好了。原来，这个地区是金兵经常袭扰的地带，属于三不管地区，南宋人、金人和蒙古人都不大管得上的地区，草寇也多。因为害怕金兵和草寇对我师父进行滋扰，他前一段时间没有露面，实际上一直在打前站，带领着几百精锐的蒙古兵四下探察，防备金兵来袭，在清除了附近金兵的残余势力之后，他才派人接应我们。

在船上，我师父笑说："看来，没有刘大人，我们既保护不了自身的安全，也过不了这条滹沱河啊。"

刘仲禄笑着说："真人，不该您操心的事情，卑职都会做好的。您此行一路上都由我负责，您就放心吧。"

十四

渡河之后,我们继续北行。我感觉到了凛冽的寒风穿透了我的肌骨,像一条冰冷的蛇一样在我的身体里穿行。我能从高空中看到少许雁阵南飞,叫声悠远凄凉。

二十二日这一天,我们到达了卢沟桥。

我知道这里是燕京的门户。靠近那巍峨的城墙的时候,我看到,当地官员、百姓和一些穿着道袍的道人,都来到郊外迎接我们。和师父出行,这一路我们都受到了很好的礼遇,这是我内心里很得意的事情。作为一个道人,没有比碰到尊重你的人更能令人开心的了。尤其是尊敬师父的人都是一些有头有脸的官吏、士绅和地主,以及当地的宗教首领,连佛家、儒家的先生们也都前来拜访师父,我这个做弟子的就感到特别开心。

燕京地区已经是蒙古人管理的地区了。燕京行省的军事长官就是一个蒙古人,他有一个很怪的名字,叫作石抹咸不得,这名字蒙古语听上去发音很古怪,我忍不住要笑:咸不得,咸不得,难道他不喜欢吃盐吗?人不吃盐怎么能行啊?人不吃盐就没有劲啊,我私下里偷笑。这个蒙古长官长得方面大耳,十分威武,但面相很和善,说话很有礼貌。他知道我们是成吉思汗特地宣诏前往会面的，对我们的态度很好。见面之后，不仅送上各类礼物，还安排我们住在当地最好的道观玉虚观。那里已经修葺一新，打扫得干干净净，就等待我师父住下了。我们安顿下来，耐心地准备更多出行的东西。

燕京是一座大城市。这里的城墙高大，街道纵横，估计有几十万人。住在郊外，我们有时候也进城看看。穿越城门，进入燕京内城，处处都觉得新鲜和开眼。走在街上，我们十八个弟子围拢在师父的左右，就像一群白鹤围绕在领头鹤的身边，我们长发飘然，身上的道袍被风吹拂，猎猎作响，手里的拂尘飘散开来，很多人都感到新奇。我师父走在前面，他气宇轩昂，那一把白色的长胡须十分扎眼，清癯而瘦长的身材就如同仙鹤，走路就像脚没有移动那样速度很快，看见师父和我们的人都在尖叫："神仙来啦！你们看哪，神仙来啦！"

我就偷偷地笑，心里很得意。跟着师父，我们年纪轻轻也变成了活神仙。

我们在玉虚观住了下来，每天，都有几百人络绎不绝地来找我师父，求颂乞名。据他们说，眼下哪个地方有骚乱和盗匪，被官兵抓住了，只要提一提是我师父的弟子，有我师父起的名字，或者有师父写的字纸和名帖，就可以免于被抓和被杀，可见我师父名声远扬，他的道行之高和影响之大。

燕京的汉族行政长官王楫也来拜访，并给师父献上诗篇。师父也写了一首诗回赠他，我记得诗句是这样的：

> 旌旗猎猎马萧萧，北望燕师渡石桥。
> 万里欲行沙漠外，三春遽别海山遥。
> 良朋出塞月归燕，破帽经霜更续貂。
> 一自元元西去后，到今无似北庭招。

就在那几天，刘仲禄大人前来告诉师父："真人，我得到了快马传来的消息，说成吉思汗继续西征了。我们要追上他，要尽快出发。"

我师父说："我在想，既然如此，等来年可汗返回东边，再去给他讲经，也不迟吧？"

刘仲禄作揖道："神仙啊，那恐怕不行。已经约定好的事情，只能按照原先的计划前行。"

我师父又问："刘大人，我可听说您最近很忙啊。这几天，刘大人您正在燕京为成吉思汗挑选面容姣好的处女，打算让那些处女和我们一行一起，共同踏上西去的路程。是不是有这回事情啊？"

刘仲禄面露笑意："是啊，真人，我正在为可汗办理此事。"

我师父正色说："刘大人，过去，齐国向喜欢淫乐的鲁王进献了八十个歌女，孔子劝说未果，就辞去官职，离开了鲁国。贫道虽然是一个山野之人，但是，绝不能和处女一同行走，去觐见成吉思汗。再说，贫道年事已高，已经七十多岁了，我看，还是等成吉思汗结束在西边的征战，回到漠北大营之后，再去朝谒也不迟，您看呢？"

刘仲禄想了想，面有愧色，觉得师父说得有道理。他不敢强求我师父动身，就赶紧写了一封奏折，派人送达成吉思汗。

我师父也写了一封表章，让人一同进呈给成吉思汗，说希望等天气暖和些再走。就这样，我们就在燕京停驻了下来。

在燕京停留的时候，各色人等继续前来拜访师父，我记得，有一天，一个长相很怪异的瞎子，浑身恶臭，前来求见师父，被门人挡住了。

我师父听说了，就说："莫管人家穿着和长相，请进来吧。"

那个瞎子竟然拿来了一幅画卷，说是唐代画家阎立本画的《太上过关图》，想请师父看看。这个阎立本可是唐代的大画家，传世的作品有《历代帝王图》和《步辇图》。但没有听说他画有《太上过关图》。

我师父说："你展开来看看吧。"

那个瞎子从背囊里取出一个卷轴，徐徐展开。在展开来的画卷上，但见老子骑着一头牛，正在悠然地过函谷关。瞎子说："这是我家祖宗传下来的画。当年，老子过函谷关西行，真人，您现在也要往大漠西北方行走，这真是天地感应的事情，所以，我特来拜见您，请求您为此画书写一则跋文！"

我师父仔细地欣赏着这幅表现了道家的鼻祖老子西行的画，十分欣喜。他说："你们看，阎立本这幅画，点眼睛用的是漆啊，这能使老子的眼睛显得明锐异常。好画！好画！行了，是真迹，你收起来吧。"

我师父兴之所至，立即写诗一首作为跋文：

蜀郡西游日，函关东别时。
群胡皆稽首，大道复开基。

瞎子说："好诗。老子在世当很高兴了。"

我师父觉得这个瞎子是个异人，不可小瞧，就说，"我再赠你两副偈子吧。"

一个是：

杂乱朝还暮，轻狂古到今。
空华空寂念，若有若无心。

另一个是：

> 触情常决烈，非道莫参差。
> 忍辱调辕马，安闲度岁时。

那个瞎子听了，当即三拜，拜完我师父，转身走了。瞎子走了，我师父问我："你看出来他是什么人了吗？"

我说："不就是一个瞎子吗？"

我师父笑道："他的眼神我一看就知道，是一个士大夫。他是南宋人，是想来劝我莫要西行的，还想让我为偏安的南宋效力。但我送了他偈子，他明白我拒绝的意思，就走了。"

我师父有时候真的是火眼金睛。

十五

我们在燕京停下来,等待成吉思汗那边传来消息。我师父也一直没有闲着,因为来找他的人很多,他们都要求我师父登坛讲道,祈福于众生。

我师父一开始推辞了,说:"我即将西行,需要心思安静,不好登坛面对众人啊。"

那些人派来代表,赖在我师父的屋子里不走。他们说:"真人,您是神仙啊。我们恰逢乱世,活下来见到了真人,就已经是福气了。而活下来的人,难道不是仰仗真人的恩泽?所以,为了安慰那些在离乱中死去的人,特请您为他们占醮,那些置身于漫漫黑夜之中的亡灵,就会有所安慰。"

我师父说:"你这么说,那容我考虑考虑吧。"

于是,应当地百姓的再三请求,四月十四日,我师父带领我们做了一次占醮。那一天,天本来是阴沉沉的,看那样子要下雨,可是,我师父登上了醮坛要作法事的时候,天立即晴朗了。

众人纷纷称奇:"真的是神仙啊,你看,他能让天空晴朗!"

我知道这是凑巧碰到了云开雾散的时候,但他们将之归功于师父,我也很高兴。毕竟,只有德行高的人,才可以感应上天,使天时有利于人。

第二天,我师父又登上宝玄堂讲授戒律。忽然,大家都看到有几只白鹤从西北方向飞过来了。焚烧简牒的时候,一片片简牒飞到了空中才熄灭,有五只白鹤围绕着鸣啼不已。众人和我们这些徒弟都感到惊奇,大叫:"神仙!白鹤!真人!白鹤!"

我认为是师父的至诚之心打动了上天,才有白鹤不断出现。

三天打醮完毕,我们继续休整。不久,刘仲禄大人来拜见师父:"我听快马说,成吉思汗一路攻打西辽,就这么往西边去了,也不知何时能有确切回音。我们等消息会急死人。真人,我想我们还是往北面先走一走,您也可以在那边的道观转一转,因为当地信众都期盼着您前往。这样我们就可以慢慢地往前走,等到有具体的消息了,再加快步伐。"

我师父说:"也好,动如风,静如松。既然出来了,就应该经常活动。呵呵,那我们就动身吧。"

我们继续西行。我看到,风正在吹醒大地,一些青色的嫩苗顽强地突破了岩石和土壤,从大地下面钻出来。刘仲禄陪伴我们出了居庸关。等到离开燕京,我们才看到了战争给附近的乡村带来的残破景象。

一天晚上,刘仲禄带领一干人马在前面搜索,不见了踪迹。落在后面的我们停下休息时,忽然在我们面前出现了一百多个蒙面人。

其中一个带头的说:"什么人?竟然在我们的地盘行走?留下买路钱!"他说完,手下人立即包围了我们,手里的大刀明晃晃的,怪吓人的。

我想,完了,这刘仲禄跑到哪里去了?关键的时候看不见人了。

我正在害怕,我师父却明白遇到了一伙强盗,他说:"壮士,贫道姓丘名处机，正在往大漠西北方向走，路过宝地，打扰了。要道法，我还有一点，但你们要金银财宝，我们这些道人可没有啊。"

领头的强盗一听说面前的人是丘处机道长，立即在路边叩头表示道歉，说："神仙！我们惊动了真人师父，真该死！"磕头之后，首领呼啸一声，转身就跑，一眨眼，他们就像风一样全都不见了。

我得意地感叹道："师父，您现在的名声了不得，盗贼也害怕，官吏也敬畏，皇帝也尊重，庶民也盼望，白鹤也朝见，您让我们景仰啊。"

我师父说："平常心最好，一切都是积累的结果，不要有什么得意心，这就是你的心思不对了。"

我不禁有些羞愧了。

五月间，天气热了起来。这时，我们到达了河北的涿鹿，在禅房山上的龙阳观停留下来。禅房山上有很多山洞，传说，有不少得道高人在那里修炼过。我们登上山峰，可以眺望到几百里外的平原，视线非常好。山间溪水长流，山下泉水汩汩，十分自然清新。

我师父说："看到那些山洞，我就想起了我当年修炼的日子。洞中一日，世上千年。那个时候，时间就仿佛凝结在我身上了一样。我一心向道，在山洞中，如此苦修，我逐渐地领悟到道了。"

登山眺望结束，我们下山，在一眼鲜活的泉水边，我们和师父一起品尝那甘甜的泉水，一边赞叹大自然的造化。师父高兴了，写诗一首：

午后迎风背日行，遥山极目乱云横。
万家酷暑熏肠热，一派寒泉入骨清。

北地往来时有信，东皋游戏俗无争。
溪边浴罢林间坐，散发披襟畅道情。

中元节到了，我师父特地设立醮坛，给当地的信众授符表，传戒律。我清晰地记得，师父设醮那一天，天气很热，男女老少人很多，大家席地而坐，虽然师父讲得很好，可天热难耐，大家都觉得溽热难当。就在师父讲道的时候，忽然，不知道从哪里飞过来一块很厚实的云彩，就像一把大伞一样盖在头顶，大家立即觉得凉爽了："神仙啊，怪哉！天时感应！"

那几天，龙阳观里的井水也溢了出来，怎么用都用不完。大家都说是我师父德行高，得到了上天感应的结果。占醮活动完了，我师父又写了一首诗歌，表示心志。这首诗就有了豪迈的道教掌门的气概了：

太上弘慈救万灵，众生荐福籍群经。
三田保护精神气，万象钦崇日月星。
自揣肉身潜有漏，难逃科教入无形。
且尊北斗斋仪法，渐陟南宫火炼庭。

八月间，暑热渐渐消散，我师父又应德宣州的蒙古将军移剌秃花的邀请，到朝元观居住和讲道。

移剌秃花是个蒙古武官，但对道家却非常尊崇。想必成吉思汗征诏我师父前往讲道，已经传遍了整个北中国。于是，移剌秃花将军专门在朝元观建造了一个殿堂，用来供奉道教的始祖。道观前后房间都被整修一新了，我们住进去也觉得很舒服。

移剌秃花很喜欢和我们聊天。我记得，他问道："真人，仗是不得不打的，不打仗，分不出谁是英雄。可打仗死那么多人，我也很不喜欢。这到底是好事情,还是坏事情?"

我师父写了颂词一首给他:

> 生下一团腥臭物,
> 种成三界是非魔。
> 连枝带叶无穷势,
> 跨古胜今不奈何。

移剌秃花似懂非懂,恭敬地离开了。那段时间,我们十八个弟子都非常高兴,过着闲云野鹤、四下游走的生活,和自然的亲近,见到了和故乡不一样的风土人情,使我深深觉得长了见识,开阔了眼界。

十六

　　有一天，成吉思汗的内臣、一个叫阿里鲜的人，前来拜见师父。他带来了成吉思汗的表章。
　　我师父在道观的厅堂上接受诏书。在诏书上，成吉思汗说："既然道长已经从蓬莱起程，就继续驾鹤西行吧。昔日，达摩东来，传来印度佛法，老子西行，教化胡人懂得了人间的道理，如今，真人前来和朕讲道，虽然路途遥远，可是，您可以借助车马拐杖，路途就不显得那么远了，道长可以根据具体情况来安排行程。祝道长安好。"诏书上还叮嘱刘仲禄："不要饿着、累着真人，可以慢慢地来，不要急着赶路。"
　　阿里鲜还带来了成吉思汗的四弟、斡辰大王帖木耳的信件。成吉思汗西征之后，留下帖木耳镇守蒙古北方的大营。在信中，斡辰大王说，"如果师父西行，请一定经过漠北我的大帐，在我这里可以补充给养。"
　　我师父答应了："一路北行西去，成吉思汗都有了仔细的安排，贫道十分感念。"
　　看来，我们是非去大西地觐见成吉思汗不可了。我忽然感到了一些忧虑。因为，西行的路途可能真的比我想象的还要远，西行遇到的困难,也是我现在难以想象的。但我师父依旧十分镇定,他喜欢顺其自然。

我师父对刘仲禄说:"刘大人,您看,现在,天气转凉了,而我们还没有准备好过冬的衣服。我想,我们应该先回到龙阳观去过冬,等到来年的春天再出发,您觉得如何?"

刘仲禄同意了:"一切尊重真人的想法。我皇西行,不知道什么时候返回,如果明春他返回到大本营,那么我们就不用跑那么远了。"

于是,我们回到了禅房山上的龙阳观。

在龙阳观,我们一下就住了四个多月。在那几个月里,我们按照师父的安排,细心准备西行的物具。我师父也在附近的道观作法事,设立醮坛,讲经说道,并和燕京的很多文人雅士写诗唱和。

我师父的诗写得又快又多又好,他做诗的才华,我看是堪比李白、王维,提笔就写,根本不用打腹稿,而且,写成之后就定型了,马上被我们拿走传诵了。我的一个心愿就是把师父的言行和诗歌都记载下来,出来的这大半年里,师父已经做了几十首诗了。十一月,师父有一首送给燕京的道友的诗,如下:

> 此行真不易,此别话应长。
> 北蹈野狐岭,西穷天马乡。
> 阴山无海市,白草有沙场。
> 自叹非元圣,如何历大荒。

我师父还感念百姓的疾苦,在转过年的上元节,他写诗道:

> 十年兵火万民愁，千万中无一二留。
> 去年幸逢慈诏下，今春须合冒寒游。
> 不辞岭北三千里，仍念山东二百州。
> 穷急漏诛残喘在，早教性命得消忧。

到了转过年的二月八日，刘仲禄如约派人来接我们起程北行。燕京道友们哭着为我们送行，并且拦住了师父的马，说："师父，您要到万里之外的地方去了，前途遥遥，什么时候我们才能再见到师父呢？"

我师父说："人的行为举止，天意决定，我哪里知道自己什么时候回来呀？"

道友说："真人，您是活神仙，当然知道自己何时回来，我们好准备给您接风啊。"

师父笑了笑，"此行，恐怕需要三年时间，我三年之后，就一定会回来！"然后，呼唤马夫赶车起程。

我们十八个弟子，骑马的骑马，乘车的乘车，一路向西北方向行进。在队伍里，我看到燕京北部的山地巍峨耸立，十分峥嵘。

我们沿着一条山脉的脚下不断行走，渐渐就看不到人烟和村庄了。

果然，我师父料事如神，我们一路西行，前后经历了整整三年，才重新回到了燕京北边的龙阳观。这就是我师父神奇的地方，他总是能看得比我们远，知道得比我们多，听得比我们仔细。

我们出发后的旅程的确非常艰难。虽然有成吉思汗的特使刘仲禄、阿里鲜两位大人带领那些蒙古骑兵保卫我们，开辟道路，但我们这些道人还是经历了种种意想不到的磨难。比如天气的变化、疾病的困扰、饮食的不便，还有行程的忽然改变，以及突如其来的一些意想不到的事情。此次西北行进的旅程，我简单叙述如下：

二月十日，我们经过了野狐岭。那个地方位于张家口西北方六七十里地，是进入燕京的咽喉要道。在那里，我们看到了惊人的一幕：就在我们眼前的砾石荒滩上，有成千上万人的白骨横陈于荒野之上，在太阳的照射下，发射出森然的白光和死亡的寒意。我们感到十分震惊，这么惨烈的场面是如何发生的？这里一定有一场恶仗，没有人收尸，任凭尸体被风吹日晒，才成了眼前的白骨荒原。

我师父脸色凝重，他说："我们先停下来，为这些亡灵超度吧。"于是，我们停下来，拿出一些道家的东西，写好黄裱字符，点燃之后，念咒颂词，为之超度。

我悄悄地问刘仲禄："刘大人，请您告诉我，这是什么人死在这里，怎么会有这么多？"

刘仲禄说："那是十年之前，蒙古与金国展开的一场决定性的大战的结果。在那场战斗中，金兵惨败，在这里留下了整整三十万具尸体。战场上没有人收尸，就变成了这累累的人骨荒原。"

我唏嘘感叹，"战争真的是很残酷啊。"

这时，同行的师兄宋德方大声说："师父，我在这里发一个心愿，等到我们回来再路过这里，我要设立一个道场，追荐这些死去的亡灵。"

简单超度完毕，我们继续往塞北方向而行，从此逐渐地离开了汉人所熟悉的中土之地。回身望去，我看到，在荒原上有几个细细的龙卷风像长蛇那样卷动沙尘，形成了天地之间的连接线，在大地上快速移动。一片乌黑的云彩从远处挤压过来，还传来了滚滚的雷声。

　　后面的路途加快了，我们都换做骑马了，给养车跟在后面，走得比我们慢。我骑马并不习惯，一开始大腿内侧就磨破了，非常疼痛，后来我垫上了细布，伤口才结了痂。

　　同行的道兄有带着罗盘的。而那些护卫我们的蒙古兵很熟悉路径，不借助罗盘就知道方向。

　　二月十五日，我们往东北方向行走，来到了只长荒草的戈壁滩。我看到人烟越来越稀少，内心里也感到荒凉。我们还看见了一个巨大的盐湖，在盐湖边上，可以看见积累起来的盐柱就像凝固的浪头那样停在了那里。

　　我师父却很适应这样的路途。他写诗道：

　　　　坡陀折叠路弯环，到处盐场死水湾。
　　　　尽日不逢人过往，经年时有马回还。
　　　　地无木植唯荒草，天产丘陵没大山。
　　　　五谷不成资乳酪，皮裘毡帐亦开颜。

十七

我们一路开始朝北方走,走了一千多里地,路上所见到的,都是沙漠和戈壁。白天看到了天地浩大,晚上则是星空浩瀚密集,让我沉醉。

二月二十二日,我们来到了大沙漠边缘。此前,我们谁都没有见过真正的沙漠。我在山东海边见过沙滩,那是我见过的最多的沙子了。因此,见到沙漠这种地貌,对于我们这些道人来说,实在是惊喜连连。我发现,那可以流动的、吞没人畜的沙子,乍一看,似乎根本就没有流动,可是,如果你蹲下来仔细地看,你会发现,沙子实际上一直在动,就像一个活物,是一层层地随着小风在静悄悄地滚动和游走。那流沙非常细腻,细得要是被风吹进了你的眼睛里,你都不好把它吹出来。

到了三月初,我们才来到了有水草的地方,这才重新看到了人烟。在一面湖泊边上,我看到有人打鱼,有人放牧牛羊,但那些人无论长相、穿着和打扮,都和汉人不一样了,他们要么是蒙古人,要么是金人或者契丹人,总之,他们和我们完全不一样。他们也并不怕我们一行,可见,这里已经是蒙古鞑靼人的天下了。

又走了二十多天，我们见到了一条沙河，水并不深，我们涉水过河。河水最深的地方刚刚到马肚子那里。浪花飞溅，十分清凉。渡过这条河，又往北走了两天，就接近蒙古人的腹地大本营了。到处可见冰雪融化，草木发芽，春意盎然。

我们还碰见了当地人举行的婚礼。据说，蒙古人结婚的时候，方圆五百里之内的人，都带着礼物和马奶酒前来祝贺，并且在营地里举行盛大的婚礼，还有摔跤、喝酒、打猎和练习骑马比赛。

一路上，我师父越来越适应骑马奔腾的路途。年届七旬的他豪情万丈，还写诗道：

> 北陆祁寒自古称，沙陀三月尚凝冰。
> 更寻若士为黄鹄，要识修鲲化大鹏。
> 苏武北迁愁欲死，李陵南望去无凭。
> 我今返学卢敖志，六合穷观最上乘。

四月初，我们来到了成吉思汗的四弟、斡辰大王帖木耳所在的营地附近。成吉思汗西征之后，让他的弟弟帖木耳留在陆局河附近的大本营驻扎守卫。来到这里，但见天地辽阔，白色的营帐和毡房到处都是。白云在草原上投下了一片片的暗影。

我们的心里都很肃静，因为这里是成吉思汗起家的地方，他统一了各个部落，成为整个蒙古人的可汗，眼下正到处征伐，所向披靡，改变着大地上的事物和行政的版图。

我们在一处毡房里歇息下来，阿里鲜和刘仲禄就立即赶往东边斡辰大王的大帐，去汇报情况了。到了傍晚，他们回来，告诉我师父："大王将于明天前来拜访师父。"

我师父问："大王他是成吉思汗的幼弟，他要先问道的话，不知道可汗会不会说什么。"

刘仲禄说："我想问题不大。等他见了您，您相机行事吧。"

四月七日，斡辰大王前来拜见我师父，身后跟着随从上百人，抬着很多礼物。彼此礼毕，大家在毡房里盘腿坐下，斡辰大王说："真人，您一路鞍马劳顿，好好休息。我那可汗哥哥一路追击耶律氏，至少，今年是不会返回了。所以，请真人在这里安心歇息几天再说。"

我师父问："大王，您想问我什么事宜呢？"

帖木耳说："我虽然身体强健，但我关心的，也是我的寿命几何。我想请神仙给我算算命，或为我讲授长生之道。因为，据说，真人您已经有三百岁了，这是我们都知道的事情，对不对，宣使？"他看着刘仲禄说。

刘仲禄稍微有些尴尬："是的大王，真人有三百岁了，可真人从来都不主动承认。"

我师父笑了笑说："人的寿命都是上天注定的，除了在战争中死于非命的。大王，算命的事，必须斋戒之后，才可以听讲。"他们双方约定，在四月十五日这一天，由我师父开坛，讲授养生大法。

到了四月十五日这一天，一大早，我看见天空中降下了大雪。心想，夏天里，这里竟然下雪了，天气实在太奇怪了。斡辰大王帖木耳来拜见师父，他打躬道："真人，草原上虽然八月也常有风雪，可这春夏之交下雪的时候却很少。看来，是天意要我取消您的这次讲道啊。"

我师父沉吟道："天降飞雪，雪融冰消。大王，那也许真的是天意。好，那就等我以后再给大王讲吧。"

于是，就取消了这次讲道，大王又对我师父说："我明白了，皇帝派遣宣使刘仲禄不远万里，前去邀请师父讲道，作为皇弟，我不能抢先听讲。真人，您还是尽快起程吧。"

我师父点了点头，祈福于他："大道通天，福海无边。"

斡辰大王帖木耳给我们一行送行的那天是四月十七日。起程时，他给我们送上了几百头牛和马，还有十辆大车，并派遣了一百卫兵，替换原先疲惫的卫士，来继续护卫我们。

离开了人烟密集的大本营，我们就逐渐地走入到了荒凉的天地之间。天苍苍，野茫茫，风吹草低见牛羊，这是谁的诗句？大漠孤烟直，长河落日圆，这又是谁的诗句？都非常贴切地形容了我看到的景象。

我感到吃惊的是，在这样人很难生存的地方，蒙古人的首领成吉思汗竟然能够顽强地崛起，联合各个部落，成为一个大可汗和王，和其他皇帝去争夺对大地和人民的最终控制权，十分不易。我对成吉思汗有很多想象和敬佩。

晚上，宿营在毡房里，我看到师父和刘仲禄在聊天。师父问："刘大人，你能给我说说，成吉思汗是一个什么样的人吗？"

刘仲禄是一个非常机敏的汉族人，能够获得成吉思汗的信任，自然有他的独特本领。他笑着说："他是蒙古人的可汗，也是正在争夺天下的真命天子。他胆识过人，智慧超群，要不然，不会成为蒙古人的王的。"

我师父问："蒙古人的部落是怎么联合起来的？他们原先也是一盘散沙啊。"

刘仲禄说："这就是成吉思汗的伟业了。"接着，刘仲禄给我们讲述了成吉思汗的故事，"在燕京北边两千多里的大山、森林和草原的边缘，高山草原逐渐过渡到低地草原，草原上生长着适合牛、羊、马吃的各种草。在那里，生活着一个古老的游牧民族，同时，山地和草原上还奔跑着狼和鹿。那里有一座山叫作肯特山。成吉思汗的家族就在附近的草原上繁衍。蒙古人有很多小部落，本来是各自为政，部落之间经常征战。后来，有一个叫海都的人，成为了蒙古人部落联盟的第一个汗。汗就是首领和君主的意思。后来，争夺汗位的事件一再发生。成吉思汗的名字叫作铁木真，他小时候曾经被敌对的部落作为囚犯，戴上枷锁，受尽了侮辱和磨难。但是，在他的心里，统一蒙古人部落、成为可汗的想法从来都没有消失。他寻找到机会逃脱了。"

我有个疑问："刘大人，那金人和蒙古人是什么关系呢？"

刘仲禄说："金人是女真族，他们生活在大兴安岭的森林里。早先，他们还是辽国耶律氏的从属部落，后来逐渐地联合起来，把辽打败了，并一直向南，占领了中原。金人占领中原的过程中，并没有向西征伐去攻打蒙古人的部落，但这使蒙古人看到了部落联合的重要。要想掌握大地上的控制权，必须要有力量。要有力量，就必须要人多、马多、武器多。当时，蒙古人的忽图剌汗死了之后，他的儿子阿勒坦并没有继承汗位，阿勒坦和其他几个亲王看到了铁木真在历年和其他部落征战中表现出来的勇武精神，觉得这个人就是领导蒙古人团结起来的唯一的、最大的英雄。他们就共同推举铁木真为新的汗，号称成吉思汗，'成吉思'蒙古语是力量和坚不可摧的意思，成吉思汗的意思就是坚强不可摧毁的汗，不可动摇的王。"

这个时候，烛火摇曳，天色已晚，我师父也显现了疲惫的神情。看到我意兴阑珊，刘仲禄说："志常道人，明天我再继续给你讲成吉思汗的事，今天让师父早点休息吧。"

我送刘仲禄大人离开师父的毡房，但见星空浩瀚，似乎都在跃动和旋转，这样的夜晚，是那么的深邃甜蜜。

十八

　　第二天，我们还在那里休整，并未前行。到了晚上，师父请刘仲禄聊天。显然，我师父也对成吉思汗很感兴趣。他问："刘大人，成吉思汗虽然被一些亲王推举为汗，但他是怎么获得稳固地位的？"

　　刘仲禄很佩服师父："真人，您果然明察秋毫。一个人要当上真的君主、王和可汗，是需要不断斗争才可以获得的，具体的细节我也不是很清楚，只是零星地知道一点。成吉思汗幼年吃了很多苦。他不仅当过别的部落的俘虏，甚至他的妻子都被人家抢走过，一直有一个传说，说他的大儿子术赤就不是他亲生的。所以，似乎他和那个儿子的关系也不太好。但是他一向志向远大，任何挫折都不能毁灭他。"

　　我师父说："苦其心志，劳其筋骨，而后才可以得志。"

　　刘仲禄说："等到成吉思汗掌握了部落联盟的军事指挥权之后，并没有像几个亲王原来想的那样，仅仅满足于当一个军队指挥官，他按照联盟组织的方法，和其他部落进行艰苦的战斗，或者通过和平谈判，使整个蒙古人部落不断加入到他的部落联盟中，成为团结在他周围的力量。他还消灭了塔塔儿部落，因为塔塔儿人是杀害他父亲的凶手，这样蒙古人就强大了起来。"

我师父问："发生这些的时候，辽人、金人都在干什么？"

刘仲禄说："成吉思汗成为汗的年代，正是金世宗和金章宗交替的年代。这个时候，大辽早就被金灭了，剩下一个耶律大石，跑到西边去了。现在，有一个叫屈出律的乃蛮部落的王子，把西辽的最后一个王、耶律直鲁古的王位夺到了自己手里，企图和成吉思汗抗争。成吉思汗眼下正在追击他，决战就在眼前，等到我们和成吉思汗见面的时候，就知道那里现在发生了什么样的变化。"

我问："刘大人，您见多识广，告诉我，为什么同样都是游牧和渔猎民族，辽人契丹族打不过金人女真族，而金人女真族又打不过蒙古鞑靼人呢？"

刘仲禄说："这是由蒙古兵的武器和骑兵的行进速度决定的。你们都看到蒙古兵身上穿的铠甲和佩带的武器了吧，坚固的盔甲是用很好的铜和铁制作的，一般的箭都射不透，蒙古兵平时使用的武器，是长刀和长矛，矛分尖矛和蛇矛，还有短刀和铁锤。最重要的，是蒙古兵的速度，因为他们有很好的战马，战马可以保持最快的速度冲锋，使敌人在顷刻之间被冲垮和瓦解。而且，蒙古骑兵的阵形也很多，可以在指挥官的指挥下迅速改变阵形，形成各种战斗队形，以迅雷之势，猛烈地冲击和打垮敌人。"

我问："刘大人，成吉思汗的士兵是不是像传说中的那样杀人不眨眼，非常残暴？"

刘仲禄说："打起仗来，任何人都是残暴的。战争就是用武力使敌人屈服，谁都会残酷地对待敌人。成吉思汗的部队纪律严明，打仗很讲道理。只要你投降了，一切都好说。不投降，那对不起，我就全部消灭你。"

我说："这样会使生民恐惧，也是我们道人所不喜欢的。"

刘仲禄："天地之间，命大，道大？"

我说："当然是道大。"

刘仲禄说："那现在，我看，天道站在成吉思汗这一边。"

我说："站在谁一边不要紧，关键是不要使生灵涂炭。"

刘仲禄叹口气："没有毁灭就没有重生。没有恐惧，人就不知道自己的有限。你看，金人统治了中原，又如何？南宋偏安，又如何？西夏、吐蕃、大理、大辽，这些小国现在又如何？会一个个地被蒙古人征服。成吉思汗是现在天道的履行者，他会重新理顺大地上的关系。而如何理顺关系？就是通过战争。"

我说："武力征服是没有用的，必须要靠人心，靠道德和人伦教化，才可以持久。先秦诸子百家早就讲过的道理，那些蛮族哪里会懂得。"

刘仲禄说："所以我才得到了成吉思汗的信任。因为，我来自产生了诸子百家的智慧的民族，他很喜欢我。我告诉过他，武力征服了，接下来就是人心和人伦的教化。这就是为什么金人统治了中原地区，反而开始了汉化。你也知道，从金世宗到金宣宗，不仅崇尚道家、佛家，还尊崇儒家呢。那他们就不是蛮族了，而是开化的人。"

我说："刘大人，您觉得蒙古人会以儒家方式治理汉人所在的地区吗？"

刘仲禄："肯定会这样。但是，在他们的观念里，色目人，就是眼睛有颜色的人比我们汉人的地位高。比如，我就很讨厌一个契丹人，叫耶律楚材，你们很快就会认识这个人了，他老是在成吉思汗面前搬弄是非，唯恐我占了什么便宜，比他更受信赖。"

我问："契丹人？那他是辽人的后裔了，他怎么也给成吉思汗当了谋臣？"

刘仲禄说："这个人是原先辽国的贵族，祖上投靠了金人继续当贵族。他是个野心家,不过,他的汉文非常好,汉诗也写得好,但他是一个佛家子弟。他看到成吉思汗延请你们去那里讲道,就开始说道家的好话,我觉得他是墙头草,也许,等到风头变了,他就会说道家的坏话。"

我当时还不懂刘仲禄说这些话的意思,也不大理解他为什么要在我们面前攻击一个我们素不相识的人耶律楚材。后来,在我师父给成吉思汗面谈讲道的时候,这个人也在场,和我一样是见证人和记录者。多年之后,我才明白了刘仲禄的意思,那个时候,果然发生了佛家和道家的争辩。那时,耶律楚材攻击道家是非常有杀伤力和破坏力的。

我师父显然对眼下的政局更关心,他问:"刘大人,我有个疑问。为什么成吉思汗不像金人打辽人那样,一路从北往南打而是往西边去了呢?"

刘仲禄说:"真人啊,成吉思汗的敌人,首先是一些游牧部落,包括蒙古人的部落。经过了多年的征伐,蒙古人团结起来了。然后,他打败了塔塔儿部落,接着,就向西攻打过去的宿敌乃蛮部落。乃蛮部落是突厥人的后代,和蒙古人一直有龌龊,因此成吉思汗就把乃蛮部落消灭了,杀死了他们的首领太阳汗。太阳汗的儿子屈出律逃到了西辽,利用卑鄙的手段窃取了西辽的统治权,成为了新的王。这是成吉思汗无法容忍的,于是,他决心消灭掉乃蛮部的残余力量,就向西边征伐了。但他并没有停止向南进攻啊,他手下的大将木华黎就在日夜攻打大金,蒙古兵眼下也在不断地向南推进中。"

我师父问:"现在,蒙古人和南宋联手攻打金国,可金人一旦被蒙古人打败之后,蒙古人会不会把南宋也给灭了?"

刘仲禄的眼睛转了转:"唇亡齿寒啊。这是显而易见的事。"

我师父又说:"听说,那个大夏国,国家虽然不大,但是民风强悍，成吉思汗会不会去攻打他们呢？"

刘仲禄说："一定会的，大夏国经常首鼠两端，在金人和蒙古人之间摇摆。我看，只要大夏不向蒙古人投降，就一定会灭亡。不过，现在成吉思汗不会马上攻打大夏，他还没有腾出手来。他要先把乃蛮的残部屈出律消灭掉。听说，西边还有一个什么花剌子模国，也想趁机坐大，不知道他们有没有这个运气。眼下，成吉思汗正在西征，他往西会打到哪里，打成什么样的天地，谁也说不清楚。往西的土地无比浩瀚，很多地方我也没有去过，不知道那边到底有什么。"

我师父说："成吉思汗一路向西，那我们就要一路追寻他的足迹，也不断向西行了。"

刘仲禄笑了笑："看来，真人，我们只能如此了。"

我师父说："那也好，我倒也想见识一下西边的人和风景。"

我问："刘大人，您算是什么人？汉族人？金人？燕人？宋人？蒙古人？"

刘仲禄笑了："志常道友啊，我都是，又都不是。我是一个聪明人。谁的力量大，我就去依附谁。我看成吉思汗才是这个年代最伟大的人物，我就去给他当谋士。再说，他也很需要我这样的熟悉中原情况的人给他当谋士。一个人，只有和伟大的人接近，他才可以更有价值。"

我师父说："刘大人审时度势，是顺生的做法。"

刘仲禄说："所以，真人您也让我钦佩啊，您也顺应天时，知道创造历史的人现在是成吉思汗，这才踏上了万里路程，去和他会面。"

我师父和刘仲禄哈哈笑了起来。

十九

我们继续前行。五天之后,我们沿着一条水草丰美的河岸走,来到了陆局河和合勒河的交汇处。在那里,迎面吹过来一阵清新的风,大家心情特别舒畅。我看见有一个看不到边的大湖出现在眼前。当地人把这个湖称作呼伦湖。我们沿着湖岸一路向西走。我看到,湖水一片幽蓝,十分沉静,有时候大风甚至能把湖水里的鱼都卷上岸,鱼离开了水,在岸上拼命地蹦跳,最后,又重新跳到了水里不见了。

刘仲禄说:"你们看,路上有很多野韭菜,是可以吃的。"

我拔了一把尝了尝,觉得味道怪怪的,像韭菜又不像韭菜。

天气晴好,但阿里鲜带来了前方路途艰辛的消息。因为,等到下一个接应我们的大镇子要走好多天。我们决定抓紧赶路。

我师父以诗来记载在路上的心情:

> 当时悉达悟空晴,发轸初来燕子城。
> 北至大河三月数,西临积雪半年程。
> 不能隐地回风坐,却使弥天逐日行。
> 行到水穷山尽处,斜阳依旧向西倾。

五月初一，我们正在行走的时候，忽然感觉天空暗淡了下来，黑暗逐渐把大地遮蔽，太阳不见了。我们看见了日食现象。那是非常奇妙的景象：太阳消失的时候，漫天都是星星在璀璨地闪亮，而这个时候却是正午。我们都在屏气凝神地听，似乎听到了太阳在黑暗中行走的沙沙声。我们就停下来，听见了自己的呼吸和马在打响鼻的声音。

没有多久，日食就过去了，天空重新亮堂了起来，那些刚才还如同灯盏一样闪亮的星星又都不见了，大地重新泛起了热气。

我们停了下来，搭建好毡房，暂时休息。我感到了害怕，问师父："发生了这样的天象，是不是在预示我们将遇到麻烦？"

我师父说："日食，说明大地上的王权在天道运行中，会发生变化。也许，成吉思汗在西进的路途中，将遭遇激烈的战斗。"

刘仲禄说："真人说得对，天象往往显现着人间的景象。日食，就是太阳被吞没了。太阳是大地上王者的象征，那么，哪个王会被吞食？我们以后会知道的。"

在夏天里，路上的景色虽然优美，可昼夜温差很大。到处都是草原，在微微起伏的大地上铺展。脚踩上去，感觉就像是踩到了很软的垫子上。在草地上，到处都开着黄色、红色等五彩斑斓的小花，而且，草地里百灵鸟和银雀很多，远看什么都没有，只听见有鸟在草丛中欢快地鸣叫。等到我们走近，一个黑影忽然扑棱棱就飞起来，钻到天空里去了。

我们走到了大河拐弯的地方，接着，又向西走了几天，看到了连绵不绝的大山出现在我们的面前。

刘仲禄说："那就是肯特山脉，是蒙古人的圣山。他们最初就是围绕着肯特山繁衍发展，逐渐组织起来了部落联盟。如今，成吉思汗正在往西、东、南三个方向扩展着他的版图,这里就是他崛起的中心。可现在蒙古人的主力不在这里。"

我们继续前行。阿里鲜带领护卫,在前面开路。我们居于队伍的中间,后面的一些护卫由刘仲禄负责。在肯特山附近,我们看到了不少游牧人,他们的穿着打扮和蒙古人相似,都戴着高帽子,住在白色的毡房里,依靠打猎放牧为生。看到我们经过,他们很友好,给我们送来了粮食和肉,其中一个头人说:"去年,我就听说丘真人要来了,怎么现在你们才经过此地啊。"

刘仲禄说:"路途遥远,道路艰难,我们要慢慢走啊。"

那个头人说:"可汗已经过去几个月了,你们要加快些才能赶上他。"

我师父也回赠他们一些山东大枣,他们礼拜之后就走了。

向着肯特山走,景色非常宜人。在夏天里,我发现河流和山川都变得更加美丽。我的心情特别开朗,一扫西行初期的那种害怕。我想师父一定和我一样,心情也是舒畅的,这从他虽然年届七十岁,可路上走了这么多天身体也没有任何不适就可以看出来。

在一处河岸边,我们发现了一座古城的遗址,那里还有着残垣断壁,和一些刻着古怪文字的碎瓦。没有石碑可以考证是谁建立的城垣,我师父辨认着那些碎瓦上的字迹,说:"可能是辽国被金灭亡之后的残部,一路西行,到达这里所建立的城市。"

刘仲禄说:"我也没有来到过这里,不过,师父说得对,这里很可能就是辽国契丹人建立的城市。我听人说,从这里出发往西南方向走一万里,有一个城市叫撒马尔罕,是回纥人聚集的地方,后来,契丹人残部就在那里建立了王朝,前后经历了七个皇帝。"

六月十三日,我们到达了长松岭。当地人把这里的大山叫作杭爱山。山上的北面到处都是松树,非常茂密,可是山南却光秃秃的,只有草而没有树木,十分怪异。

我们扎营之后休息了三天。十七日早晨,我们起床之后发现到处都是霜,原来,这里五六月份都会下雪,何况结霜呢。昼夜温差之大,让我们很难适应。因为才从暑热的沙漠、草原来到了寒冷的大山上,立即就遭遇了霜降,我师父就给这里起了一个名字,叫作"大寒岭"。有时候,我们走着走着,倾盆大雨就会从天而降。而且,大雨中还往往夹杂着冰雹,声音很大很吓人。

我们下山之后,就沿着一条布满了石头的河流的北岸行走。河水非常清澈,水流声冲刷那些石头,就像玉石在互相撞击一样,十分清脆。

在长松岭的山麓上走,我们一会儿上山,一会儿下山,可以看见峭壁边上生长着巨大的野葱,足有半人高。眼看峰回路转,山川秀丽,景色十分宜人。我师父写诗道:

  极目山川无尽头,风烟不断水长流。
  如何造物开天地,到此令人放马牛。
  饮血茹毛同上古,峨冠结发异中州。
  圣贤不得垂文化,历代纵横只自由。

又走了四天,我们往西北方向渡河而过,就看见了一片原野。原野之上,水草因为在低地里生长,更加茂盛。在我们经过的路上,在河两岸接连发现有两座没有人烟的城市遗址。虽然房屋倒塌了,但那房屋的基础还比较新,街巷的走向和街市的分布,都和中原的城市比较相似。

我师父问刘仲禄:"这里又有城市的遗迹了,是什么人在这里建立的呢?为什么又荒芜了呢?"

刘仲禄说:"真人,我也问过阿里鲜,他告诉我,这两座城市都是辽国的契丹人建造的。当初,辽国被金国打败,耶律大石带兵一路西逃,在这里建造了城市,屯田屯兵。后来,他们继续往西走,这里的城市就逐渐荒废了。"

我看到,荒草正在吞没那些残垣断壁,时间的力量可真大,大到使大地上的一切痕迹都重新归于黄土,归于无。

二十

在晚上的宿营地,师父和我们几个弟子,继续听刘仲禄讲述成吉思汗的事迹。

我师父说:"我很好奇,蒙古人的信仰是什么?"

刘仲禄说:"真人,成吉思汗对宗教很有兴趣。蒙古人一直信仰萨满教,萨满算是高级巫师,是可以通神的人,是人神之间、天地之间的中介物。萨满作为部落中可以与上天沟通的人,因此有着特殊的权力。在成吉思汗还没有成为部落联盟首领的时候,就有一些萨满做出了预言,说,铁木真是统一蒙古各个部落的真正的上天派来的人。蒙古人把他们的上天叫作长生天。"

我很惊奇:"长生天?那和我们道教追求长生不老和养生顺生的长生,是不是一个概念呢?"

刘仲禄正要说话,我师父接过来说:"不是一个概念,长生天就是蒙古人的天神,是统摄一切的最高意志意义上的天神。而道家追求的长生,则是生命要长久存在的意思。"

我问:"萨满的权力很大吗?"

刘仲禄说:"对,萨满的权力很大。过去,曾经有一个叫阔阔出的萨满,他父亲曾经救过成吉思汗的命,后来,这个阔阔出就成了权力很大的萨满。等到成吉思汗成为蒙古各部落联盟的首领之后,为了能够控制成吉思汗,阔阔出离间了成吉思汗,说他亲弟弟合撒儿有篡权之心,觊觎他这个位置。他还和几个兄弟一起殴打了合撒儿。成吉思汗最忌讳的就是身边的人对他掌握的权力产生威胁,就对弟弟合撒儿产生了疑心,剥夺了弟弟的封地牧场,把弟弟赶到边远的地区。后来,很多部落的人看到萨满阔阔出的权力很大,都跑去归顺了阔阔出。阔阔出一共有七个兄弟,势力就越来越大了。"

我师父说:"人与神之间的较量,实际上是人和人的较量。世俗的权力,我们是不能去沾染的,只能影响皇帝。这成吉思汗英勇过人,他看到阔阔出这样雄心勃勃,一定会有所察觉吧,他也应该有办法解决他面临的问题吧?"

刘仲禄说:"是啊,道长,还是成吉思汗的母亲来怒斥了成吉思汗,之后,他才逐渐醒悟,并寻找到一个机会,让他最小的弟弟以打架争胜负的方式,杀掉了阔阔出。于是,这个飞扬跋扈的大萨满的势力就被消除了。成吉思汗任命了一个年纪大而性格和善的老萨满作为'别乞',也就是大萨满,解决了萨满干政的问题。"

我师父说:"这样就消除了成吉思汗和神的代言人萨满到底谁大的问题。"

刘仲禄说:"对,当时,杀了阔阔出之后,成吉思汗让人将阔阔出的尸体放到一顶毡房里,传说,到了第三天,那毡房的顶端打开了,阔阔出飞向了天空,不见了。成吉思汗以这种方式巧妙地处理了大萨满阔阔出被杀死的问题。从此,阔阔出家族的势力就衰落下去。大萨满为成吉思汗的助手,不再敢于犯上和想去控制他了。"

我师父问:"蒙古人占据的地方已经够大了,为什么他们还要去攻打中土?"

刘仲禄说:"真人,走到这里,您已经行走了几千里地了,我想,您从来都没有走到这么偏远的地方吧?蒙古人的地方是大。可一路上,您也一定看到了,这里大部分都是荒漠和山林,能使人生存下去的方式,只有打猎和放牧。北方气候寒冷,很难耕作农作物,生存很艰难。正因为生存的艰难,像女真人、蒙古人就很彪悍,他们在和大自然,和森林与荒漠要生存的过程中,不仅驯服了马匹和牛羊,喜欢吃肉,还学会了冶铁技术和制造车辆的技术,打仗就非常勇敢。而中原汉地,从三皇五帝开始,各个部落逐渐融合,到夏朝商朝就形成了成熟的国家,农作物的历史也很长,在黄河和其他河流冲积出来的平原上耕作,农作物品种多产量大,就富庶了起来,这是蒙古人和女真人他们所做不到的。为了开拓生存空间,他们肯定要南下,进攻我富庶的中原地区了。"

师父问:"阿里鲜曾经告诉我,成吉思汗前些年最先攻打的是大夏,是不是?"

刘仲禄说:"对。从这里往西走,沿着上土拉河到大夏的首府兴庆,一路上没有什么遮挡,只有一些荒漠戈壁和小山丘,很容易打过去。当初成吉思汗得到了情报,说大夏内部发生了内乱,他的大将木华黎就建议说,蒙古人曾经是女真人的藩属,一开始就攻打大金,力量到底行不行,没有把握。而攻打大夏最好,因为大夏弱小。"

我问:"大夏是些什么人建立的?他们和我们一样吗?"

刘仲禄说:"完全不一样,大夏是党项人拓跋氏建立起来的,他们过去也是一些游牧的部落,在唐朝黄巢起义时勤王有功,拓拔思恭被封为夏国公,并赐了李姓。在北宋时期,皇帝还给他们赐了赵姓,使他们成为皇族。到了李元昊这一代皇帝,势力大增，掌控的土地面积也很大了，李元昊就膨胀起来，不仅对外废除了唐朝和北宋皇帝赐予他们的李姓和赵姓，对内还消灭了对抗他的一些贵族势力，称帝了，建立的国家叫作大夏。李元昊模仿宋的官职，制定了军队、法令和政府的管理制度，创造了大夏文字，刻印了很多文件和书籍。因为大夏在西边，就叫作西夏了。他们的文字很有意思，我这里就有一册大夏书，拿出来给你们看看吧。"

刘仲禄就取出来一册线装书，递给我师父翻阅，我师父一个字也不认识，就问："这就是大夏文？跟蝌蚪和砖块一样。"

刘仲禄哈哈笑了："这是一册大夏文的《论语》。我在路上没事的时候，就对照咱们汉文的《论语》，来学习和研究大夏文。这大夏文，比汉字笔画繁多，不好辨认。其实，蒙古人也没有文字，听说，有个乃蛮部落的突厥人塔塔统阿正在帮助成吉思汗创造文字呢。我的业余爱好就是研习这些北方民族的文字，很有意思，和汉文实在不一样，但并不难懂。"

我师父把那本看不懂的大夏文《论语》递给了刘仲禄，说："这大夏是强大过一阵子啊。李元昊也算是一个能干的皇帝，但最终敌不过蒙古人。"

刘仲禄说："李元昊是很强势，能干，他善于用兵打仗，主动发起过对北宋的进攻，把前来抵挡他的宋朝大将任福的几万精兵全部消灭了，北宋很害怕他。但这李元昊有一个致命的缺点，就是太刚愎自用。他荒淫无耻，霸占了儿子宁宁哥的老婆，还立为皇后，废掉了宁宁哥的妈妈皇后的地位。"

我笑了："这等于说把儿媳妇立为皇后，把儿媳妇的婆婆的皇后地位废掉，这个李元昊，连起码的天道与人伦都不讲，上天不会让他有好下场的。"

刘仲禄说："对呀，他是不喜欢儒家文化的，觉得儒家文化太过柔弱,不能帮助他治理国家。他的大儿子李宁明喜欢儒学,他就排斥这个儿子,儿子就忧愤而死。有一天,他外出游猎的时候,被儿子宁宁哥找机会给杀死了,等于说是儿子杀掉了父亲。他的丞相发现太子杀了皇帝,就组织士兵,又杀了宁宁哥和他的母亲,立李元昊最小的弟弟李谅祚为皇帝。当时,李谅祚只有两岁,哪里懂得朝政?权力落在大臣手里,大夏从此开始衰落下去了。"

我师父说:"人间的皇权,此消彼长,实在是一个常态。大夏这么一个小国,其命运夹在强权之间,也很难摆脱被吞并的结局。虽然如此,也立国达一百多年,实在是不容易啊。"

刘仲禄说:"是啊,这大夏党项人还是很强大的。当初,金人崛起之后,将大辽打败,大夏也发生了内乱,金世宗曾经派兵进入大夏,扶持皇帝李仁孝稳固皇位,从此,大夏就成了金的藩属国,看金人的脸色行事。成吉思汗当初想扩大地盘,要先找一个比较好的突破口,最好先攻打大夏,而不是去先挑战更加强大的金。再说,攻打大夏,大夏是金的藩属,金很可能要来支援,那么,蒙古人再去攻打金就有了理由。这就是为什么成吉思汗的大将木华黎建议要先攻打大夏。"

我师父道:"大夏国势逐渐衰微,成吉思汗先找个软柿子捏捏,也好看看反应,成吉思汗的确有深谋远虑。"

刘仲禄说:"是啊,他第一次攻打大夏,距离现在有很多年了。过去,每到秋天,蒙古兵的战马膘肥体壮的时候,就喜欢到甘肃的黄河拐大弯所形成的肥沃的平原地带劫掠。第一次成吉思汗攻打大夏时,蒙古兵在那里劫掠了一个月才撤兵。蒙古兵并没有攻入大夏首都兴庆,大夏的桓宗李纯祐很高兴,把都城兴庆府改名为中兴府。可他还没有来得及中兴,就死了。隔了一年,成吉思汗的士兵第二次攻打大夏,就是襄宗李安全在位了,他猛力抗御成吉思汗的部队，击退了这次进攻，金国册封他为夏国王。"

我说："我师父刚才说得对，在大国之间的夹缝里生存，大夏是很不容易的。"

刘仲禄说："又隔了一年，成吉思汗的部队第三次攻打大夏，这是十一年前发生的事情，李安全顽强地守住了都城，结果，刚好碰上下大雨，蒙古部队将洪水引向城内，把中兴府给淹了大半。这时，李安全向金国皇帝卫绍王完颜永济求援，但卫绍王害怕了，不愿意出兵相救，他看出来蒙古人要找借口攻打金。李安全眼见首都被淹，百姓苦不堪言，死伤很多，就只好求和，成吉思汗这才退兵。又隔了一年，成吉思汗的部队在大将木华黎的率领下，开始往东南方向，去攻打金国了。"

二十一

  这一年的六月二十八日，走在前面的阿里鲜派来人马，前来报告我师父："前面就是大斡耳朵，是成吉思汗的宫帐所在。皇后有旨意：皇帝不在，请师父过河，进入营地之后，把车子停在河的南岸休整。"
  这时正是夏末，草原上的草开始变黄。早晚天气转凉，露水遍地，人脚和马蹄踩踏过去，露水哗哗地掉落下来。我们一行人骑马过河，辎重补给车辆走在后面，渡过一条浅河时，河水发出了好听的喧哗声。
  我看到，在这条河的南岸有一座大营。就是这里，蒙古语叫作"斡耳朵"，汉语的意思是行宫。我们是踩着成吉思汗的脚步一路西行的。由于成吉思汗正在进攻西辽，这个行宫就成了他的后宫所在地和军队补给站。
  我师父感到了疲惫。这是我在路上第一次看到师父这样。刘仲禄跑前跑后，他的蒙古语十分流利，安排我师父和我们的住宿事宜。
  在毡房里，我说："师父，我看您有些疲惫，不便继续前行了。不知能不能在这里等候成吉思汗回来呢？"

我师父说:"这要和刘仲禄商量,估计不行,因为成吉思汗想早点见到我,我知道他的心意。"

我和刘仲禄说了,他说:"我们先休息几天,等到阿里鲜来了,我问问他行不行。这可不是小事情。"

在这里,我看到,蒙古人的营帐连绵几十里,场面浩大,似乎把天地之间都填满了。牛羊和马匹都非常多,它们的叫声此起彼伏,带给我很多新鲜感。我就和师兄弟们一起观察那些牛羊。有一头很小的山羊跑到我跟前,我把腿伸向它,它就猛地用犄角和脑袋撞我的腿,看来,连小羊也这么勇敢呢。

到了晚上,刘仲禄来访,他说:"阿里鲜说,可汗的旨意就是要我们一路向西,他到哪里,我们到哪里。真人,您还要继续西行啊。"

我师父笑道:"好啊,我们继续走。我人老了,走上一万里,真的很开眼,不虚此生啊。"

刘仲禄又说:"听说真人路过这里,金国的歧国公主,还有大夏的公主,专门差人送来了礼物和御寒的衣服。她们说,这里昼夜的温差很大,真人一路鞍马劳顿,一定要好好休息,不要生病了。"

我师父收下那些礼物,回赠了他亲自配制的养生药物和揭帖两幅,并嘱咐来人:"请嘱咐两位公主,此药最好在月事期间服用,对在大寒地带的女人的身体保养很管用。"

差人谢过师父之后退下去了。

我当时很诧异:这里除了有成吉思汗的皇后,怎么还有金国的歧国公主和大夏的公主呢?那些送给我们的衣物都很新,送给我们的食物,也都是从中原带过来的,都是粮食做的便于储存的饼子,我们很高兴,晚上吃豆腐干熬的汤,再泡这些米面饼,非常好吃。

吃完了晚饭，在毡房里，我们听师父讲解这个季节要注意的养生问题。等到黑夜完全降临了，师兄弟们都去睡觉了，师父和刘仲禄就接着聊天。因为要面见成吉思汗，对他了解越多，我师父就越有心理准备。

我师父问："我估计，我的徒弟们和我一样，对金国的公主和大夏的公主在这里，感到很难理解。这是怎么回事？"

刘仲禄说："道长，大夏王襄宗李安全求和的时候，还敬献了自己的女儿给成吉思汗，成吉思汗就罢兵休战了。那个大夏公主，就是刚才给我们送礼物的公主啦。隔了一年，距离现在九年以前，成吉思汗派木华黎率领精兵强将，开始攻打金国的首都中都。金国的卫绍王死守都城，击退了蒙古兵。又过了一年多，成吉思汗继续攻打金国。这时，已经是金宣宗当政，他吓坏了，派人求和，并献上了一千个童男童女，还有锦绣衣服三千件、战马三千匹和金银珠宝三百箱，歧国公主就是这时被送给成吉思汗作为礼物的。"

我说："原来，这就是歧国公主为什么在这里的原因啊。"

刘仲禄接着说："成吉思汗退兵后，金宣宗吓破了胆子，他不顾大臣们的反对，将都城迁移到了开封，叫作南京。于是，官员、士兵、地主、富商和百姓都跟着纷纷往南逃。中都和辽东以及辽西一带，就全部归成吉思汗了。我们经过燕京的时候，那里的长官就变成了蒙古将军石抹咸不得。"

我想起来了那个蒙古将军的脸和他的有趣的名字。咸不得，石抹咸不得。

我师父问："这个时候，大夏在做什么呢？"

刘仲禄说："这时，大夏继位的皇帝，就采取依附成吉思汗、反过来攻打金国的国策了。"

我说:"那成吉思汗就不会去攻打大夏了。"

我师父说:"如此看来,成吉思汗的西进时间会比较长。也不知我们会在哪里会面啊。刘大人,在西面那些辽远开阔的地方,还有些什么国家,有些什么样的人呢?"

刘仲禄说:"我也不很清楚。我没有到过那里。向西最远的地方,我就到这里为止了。据说,西边有大食、大秦,有波斯、罗斯等国家。最近的,就是花剌子模国了。"

我问:"那西辽现在的情况怎么样?"

刘仲禄说:"我知道的事都是六七年前的了。成吉思汗攻打乃蛮部落的时候,乃蛮部落的王子屈出律落荒逃走,带了一标人马往西南方向逃窜。我上次说到,耶律大石当年西逃,建立了西辽,哈喇契丹。哈喇契丹崇尚黑色,他们喜欢穿黑色的衣服,脑袋上包着黑色的裹头,连国旗、军旗都是黑色的,又称黑契丹。西辽、哈喇契丹和黑契丹,指的都是一个政权。耶律大石在西边的虎思斡耳朵建立了都城,和大夏、金、南宋并存。他曾梦想恢复大辽的江山,还派了七万精兵东征,结果,他的兵翻越了天山山脉,到达了喀什噶尔之后,想继续东进,就被塔克拉玛干大沙漠的天险阻挡住,骑兵的马匹死了很多,补给的牛车也无法前进,只好作罢。后来,他的皇后、儿子和女儿先后执掌权力,或者继承皇位,宫廷内部关系混乱,虽然有很大的国土面积,可都没有什么进取心,国势就越来越衰微了。等到耶律大石的孙子耶律直古鲁继位的时候,就遭遇到了更复杂的内忧外患。"

我师父问:"在西边,过去汉朝时有一个乌孙国,现在,那里有一个花剌子模国,又是什么人建立的?"

刘仲禄说:"师父的见闻很广博啊。我听说他们是从西边的大食国过来的,信仰的是伊斯兰教,统治者被称为苏丹。我刚才说了,耶律大石的孙子耶律直古鲁继位之后,不理朝政,喜欢打猎游玩。这时,乃蛮部落最后一个可汗太阳汗,在十七年前被成吉思汗俘虏后杀死,他的儿子屈出律率领少许人马,跑到了黑契丹,也就是西辽的君主耶律直古鲁那里,被收留了下来。这个屈出律非常狡猾,他做了耶律直古鲁的女婿,伺机东山再起,并暗地里扩大自己的力量。"

我说:"屈出律很善于韬光养晦。"

刘仲禄说:"后来,他听说当年被我皇成吉思汗打败的乃蛮部落的人马,还分散在阿尔泰山里,就很想去把他们重新组织起来,成为自己的力量。而这时,花剌子模的苏丹摩诃末正在积蓄力量,打算攻击西辽,西辽就积极备战,战事一触即发,全国上下都很紧张。这个时候,屈出律就告诉岳父耶律直古鲁说,他要去阿尔泰山那边,把失散的部属召集回来,忠诚于耶律直古鲁的西辽,一起抗击花剌子模国的进攻。"

我师父说:"这个屈出律肯定是一个能屈能伸的、狡猾的势利之徒。"

刘仲禄说:"真人说对了。他回到了阿尔泰山里,召集到乃蛮部的残部之后,却和花剌子模的苏丹摩诃末秘密商量好,来了一个东西夹击,攻打起西辽,也就是他岳父当政的哈喇契丹来了。他伏击了岳父耶律直古鲁的兵马,俘虏了耶律直古鲁。这在我们看来简直是忘恩负义,人家收留了他,结果,他背信弃义,把自己岳父的江山抢到了他的手里。"

我说:"这在汉语里还有一个词形容,叫养虎为患。"

我师父说:"人做事,天在看。做坏事的人是有报应的。估计这个屈出律的下场也不会好到哪里去。"

这时,刘仲禄忽然听到帐外出现了一阵骚动,他担心出什么事情,就说:"真人,我出去看看,您稍等。"

二十二

　　大概等了一个时辰，刘仲禄回来了，他说："真人，刚才是几匹战马惊了，在营地里到处乱跑，最后被军士安稳住了，没什么大事。"

　　我师父捻亮了马灯，说："那继续说说那个屈出律的事吧。"

　　刘仲禄坐下来，喘了口气，喝了点奶茶，说："好。这个屈出律俘虏了岳父，就等于抢夺了哈喇契丹的江山。他自称皇帝，把岳父软禁起来。不过，他仍然沿用西辽的国号。他在位几年里，强迫臣民由伊斯兰教改信佛教，还让臣民改穿当年契丹族喜欢穿的衣服，回纥老百姓就起来反抗，他就下令每个家庭里要住进一个士兵。因此，他的统治始终不稳定。三年前，我皇成吉思汗命令手下大将那颜者别攻打他的部队，很快就打败了屈出律。喀什噶尔的居民盼到了救星，不仅欢迎那颜者别的蒙古兵入城，还给他们指引屈出律逃跑的方向。结果，那颜者别的部队就继续追击，在喀什噶尔西边昆仑山下的一座石头城里，俘获了屈出律，并杀死了他。这样，西辽，或者叫哈喇契丹、黑契丹国，就这么彻底灭亡了。"

　　我感叹说："成吉思汗的士兵真的是所向披靡啊。"

我师父说:"那么,那颜者别部现在就和花剌子模国短兵相接了?"

刘仲禄说:"对,真人,如今成吉思汗的部队正在和花剌子模的苏丹摩诃末对抗。前年夏天,我跟随成吉思汗在额尔齐斯河一带休整的时候,就知道他要发动对花剌子模国的战争了。本来,我们大可汗是不打算攻打花剌子模国的,他想的是和花剌子模国进行通商,友好来往。我明白我皇成吉思汗的想法。他将西辽,也就是哈喇契丹消灭之后,他就想回过身去全力攻打金国了。因为中原地带的富庶地区对他有着巨大的吸引力。何况当年金人统治整个漠北的时候,曾经把蒙古人的两个部落首领钉在木驴上,折磨而死。这是蒙古人、是成吉思汗忘不了的侮辱。因此,消灭了屈出律残部,他就想的是往东走,将大金彻底打败。但是,不自量力的花剌子模的苏丹摩诃末,却自找没趣了。"

我师父问:"不知道眼下西边的战事情况怎样了?"

刘仲禄说:"前面的战事如何,我还真不很清楚,要等到阿里鲜来,他会有更多的消息。今天就说到这里,真人,您休息吧。"

刘仲禄走了。我们也就歇息了。

这一天不知道为什么,我很久都没有睡着。人间和大地上不断地上演着你争我夺的大戏,最后也不过是大地上的一堆枯骨。想想一路上见到的人和动物的尸体,以及无比阔大的山川和草原,我觉得,人不仅仅只是追求霸业才更有价值。一个人在历史上留下千古骂名,不如清心寡欲,像我这样一心求道,安静地守拙,和草木一起在无名中生,无名中死。

在行宫中,粮食和油等物品的供应十分充足。想到那些大米、白面都是胡商们从遥远的汉地运送到这里来的,我觉得真不容易。

白天里，陪同师父在大营中行走，我看到行宫的大帐巍峨庄严，供皇帝和皇后出行的车子也非常巨大，车轮就有一个人那么高。连见多识广的师父也感到惊奇："过去传说有高车国和高车族，在这里总算见到高车了。"

刘仲禄说："这样的车子最适合在草原上行走。因为草原上的草长得高，所以轱辘必须要大才可顺利行走。"

在这里，我感到天气在迅速转暖，但是，夜晚和早晨却很冷。什么叫作天高地阔？我在这里见到了。什么叫作漫天的繁星？我也是在这里见到了。

我们停歇了几天，休息停当、补充了给养和干粮之后，七月九日，在刘仲禄的带领和护卫下，继续出发了。

我们沿着大山的山脚下朝西南方向走。好几天中，我都看到附近的山峦的顶端上白雪皑皑，山下则是荒草寒烟，不知道是死于哪个年代也不知道是什么人的坟墓，零落在山脚下默然向我们凝望。

有时候，师父对一些山丘的顶端有些什么感到十分好奇，我们就护送他纵马跑上山巅，极目四望，却见四周的山峦和初秋的山色越发变得凝重深沉。四下里看不到人烟，只见到有路过这里的游牧部族曾经祭祀的烟火痕迹。有些地方堆着高高的石头堆，那石头堆是有人用一块块的石头垒起来的，上面缠了些红色的绸布，似乎在向上天表达祈福的愿望。看来，哪里的人都希望福气相伴左右、生命平安啊。

走了七八天之后，我们来到了乌里雅苏台东侧的鄂特洪腾格里峰下。但见那山峰就像刀削斧砍一样，异常险峻挺拔。东侧的山上松柏苍翠，西面有一面像镜子一样的大湖，南边则是一条大峡谷，山的北面有一座旧城，据说是乌里雅苏台旧城。如今，那里已经没有什么人居住了。

我们继续向西南方向走。过了一片沙地之后，看到了农田。但那种耕作不如中原的汉人那么精心。我师父问："这是什么人种的地？"

刘仲禄说："是回纥人耕种和灌溉的小麦田，绿油油的，长得算不错了。"

我师父问："这初秋时光，山巅就见到白雪覆盖。往前面走，是不是要注意防止寒潮袭击？"

刘仲禄说："前面有一座城池，我们到那里会有补给的，请道长放心。"

我们翻越山岭继续朝南走，很快就来到了一座城池——镇海城。镇海城是由一个叫田镇海的回纥人管辖的。当年，成吉思汗命田镇海在阿鲁欢山一带屯田，因此，建设了这座孤零零的城市，作为成吉思汗西征时路上的供给站，就拿田镇海的名字命名了。

我记得，这年的七月二十五日中午，我们抵达了那里。我看到，镇海城的很多汉族工匠前来我们的宿营地迎接和拜见我师父，他们欢呼礼拜，以五颜六色的彩幡、华盖和鲜花作为前导。

刘仲禄告诉我们："金章宗的两个妃子徒单氏和夹谷氏，以及前些日子我们在行宫的时候，给我们送来东西的那个大金的汉家公主的母亲、钦圣夫人袁氏，也在这座城市呢。"

我师父很纳闷："怎么她们也在这里呢？"

刘仲禄说："她们三个，是成吉思汗的部队在前些年攻占金国的首都中都时，被掠夺后，由我皇带在身边，前方有战事，我皇就把她们留在这里了。"

我师父问："成吉思汗有多少个后宫女人啊？"

刘仲禄笑着说："作为可汗，成吉思汗的后宫自然不少啊。

不过谁也没有统计，我估计，几百个是有的。"

我说："那成吉思汗现在的年纪如何？精力怎样？"

刘仲禄说："他今年五十九岁了，前年年底，我皇派我前往山东拜见真人您的时候，正是他小病一场之后。他感到精力不如过去了。我就进言于他，说，我听说全真教道长丘处机真人已经有三百岁，圣上何不就长生问题，问道于他？成吉思汗大喜，于是就让我带了一些人马，星夜兼程，前往山东去找寻神仙您老人家，于是，就有了真人您带领十八弟子一路西行的这段因缘际会。"

我师父说："这一路，眼看着就走了几百天啊。沿途但见风土人情，山川风貌，和中土已经是大不相同。我觉得神清气爽，前几天的疲乏也没有了。我也领会到成吉思汗的一片诚心，你所说的他，显然，是一个开创霸业、彪炳千秋的人物。和这样的人物会面，对我们道教也是好事情。另外，连年战争导致的生灵涂炭，是我们道家最不愿意看到的，我会借和你们圣上见面的机会，陈情百姓愁苦，降低赋税，这是我已经这把年纪，却和你一起一路西行的原因啊。"

刘仲禄说："真人，您把心意这么坦诚地表白给小人，小人自当保护您的安全，您怎么来的，到时候照样怎么安全回去。放心吧。"

二十三

　　傍晚，吃完了饭，我们在整理行囊。我觉得这段时间路走得长了，心情似乎有些渺茫。但那不过是一点小心思而已。我师父的兴致很高，他只要有点时间，就在那里写诗吟韵，而我就迫不及待地抄录下来。忽然，卫兵进来报告说："帐外有徒单氏和夹谷氏，以及歧国公主的母亲袁氏，特前来拜见真人。"

　　我师父问刘仲禄："我和她们相见，合适不合适？"

　　刘仲禄说："真人，因为您还没有和成吉思汗皇帝见面，因此，先前，皇后就决定不先行召见我们了。而这三位都是汉族女性，听说道长来到这苦寒之地，显然就如同见到亲人一样，她们来拜见您，很正常。"

　　我师父说："好，那请她们进来一见！"

　　顷刻间，我就听到女人身上佩戴的饰物、那些珠玉金银器轻微碰撞的响声。帐外款款走进来三个中年汉族女性，各个雍容华贵，身上佩戴的珠宝装饰物很多。但是，她们的脸却带着在草原上经过风吹日晒之后的那种黑红色。想来这三位女性，被成吉思汗带到了这里，成为成吉思汗的后宫女人，也是吃了不少苦头。我和师父一路这么走来，鞍马劳顿，已经是十分疲惫，而这几位汉族女性，过去在皇帝的宫中享受着安逸的生活，哪里会想到有朝一日，来到了这大漠之北，这广袤的草原上，在异族的领地里忍受着孤独和无奈？我不由得为这几位女性的命运感到悲哀了。

三个女人给我师父行礼，并由刘仲禄一一介绍给我师父。刘仲禄介绍完毕就退下了。我看到三个女人的表情都是非常欣喜的，的确像刚才刘仲禄说的，这三个汉族女性虽然身份尊贵，但见到我师父就如同见到了亲人一样。她们先是高兴地拜了拜师父，接着，几个女人都哭了起来。

我师父说："几位皇妃和娘娘，不要伤心。我知道你们在这里的感受。但还是要顺应天时和命运吧，凡事要想开来，因为，还有更糟糕的事情呢。"

夹谷氏对师父说："过去，我就经常听说神仙的道业高深，想都没有想到会在这偏远之地得见神仙的真容。"

袁氏擦了擦眼泪说："真人，过去世宗皇帝在的时候，曾延请神仙到宫里讲道，一直传为美谈，师父的道德深厚，高风亮节，世人都知道的，想不到如今竟然在这里见面，真是天意啊。"

我师父感叹道："的确是缘分啊。当年，世宗皇帝和我谈道，谈得很好，我很怀念他。"

徒单氏和夹谷氏施了礼节，和师父寒暄吁叹。徒单氏说："昔日，我皇章宗继世宗的大位之后，崇尚儒家，贬斥佛家和道家，尤其是禁止全真教，还不让贵族、官士和商人与道士来往，最后弄得天怒人怨，结果引来了蒙古兵的天罚，让我们这些女人家，最后到了这个下场。真的很感慨啊。"

夹谷氏也说："想来神仙您是大度容人，作为章宗的妃子，我们也感到有些愧疚。今天得见神仙，非常欣喜振奋。我们是女人家，我们的命运不由我们掌握，我们前来拜见神仙，就是拜望您见到成吉思汗的时候，能利用您的身份和名望，劝解可汗，少杀生命，因为打仗太可怕了，死人太多了啊。"

袁氏也说："我们这些女人，过去在宫里养尊处优，哪里像这些年经见到了这么多变故？以妇人的眼光看，这仗总有打完的那一天，生活总要平静才好。盼望道长能奉劝可汗，让他早点回来，注意身体才好。"

我师父很感叹，在这个大漠北地，还能见到金国皇室中的贵妃和娘娘，还能聊得这么深入。他劝慰几位妃子娘娘，在这里也要保重身体，并给予了她们祈福的简签。他特意传授了在苦寒地养生的一些方法，并赠送她们自己配制的丹药。几位妃子娘娘感谢了师父后，含泪告别了。

我暗自感叹，这些出身高贵的女人，命运怎么这么悲惨。身居在这大雪山、大草原和大沙漠连绵不断的北方隔绝之地，要想再回到中土汉地，是非常困难的。不过，后来我听说，钦圣夫人袁氏在这里住了十年之后，要求出家，最终回到了燕京。这是后话了。

第二天，田镇海将军从北面的阿不罕山屯兵屯田之地赶过来，前来拜见师父。

我们十八个弟子都洗漱完毕，站在毡房外师父的身后，列队等待田镇海将军来访。我们穿着道袍，内里已经换上了羊毛编织的小衣，觉得很温暖。

忽然，但见一标骑兵十分威武，从远处一路疾奔向这里。为首的将军全身铠甲，红缨头盔在日光之下十分耀眼。他到了近前，翻身下马："臣田镇海奉成吉思汗的命令，前来拜见真人！"

我们都看到，这个田镇海不似汉族人，和蒙古人的宽阔脸膛也不大像，眼窝较深，鼻梁很高，十分强悍，想必是突厥人种。

我师父挥动拂尘，稽首相拜："镇海将军辛苦了！请到毡房内叙谈吧。"

我们进入到毡房里，在案几后盘腿坐下来。田镇海的随从在毡房外警卫，他一个人进入毡房，由刘仲禄作陪。将军先给我师父送上礼物，那是羊皮小袄和沙漠中的一些特产草药，有锁阳、肉苁蓉等，模样古怪。镇海将军坐下来的时候，身上的铠甲、匕首刀剑互相碰击，发出铿锵的声响。

镇海将军礼让我师父喝奶茶："真人，这草原奶茶，您喝得惯吗？"

我师父笑了："喝得惯。热茶穿肠过，大道心中留。"

镇海将军说："真人，您有什么打算尽可告诉我，这方圆几百里，全是我负责的地区。无论安全和补给，都由我负责。"

我师父说："镇海大人，贫道年事已高，圣上两道诏书敦请，我才不远万里，鞍马劳顿地走了大半年，来到了这里，来到了你的管辖地，我是很高兴的。"

师父又转身对刘仲禄说："刘大人，一路上我看到沙漠草原里生活的人，大都不事农耕，可是，在镇海仓头城，我看到，仓廪充实，粮食富足，人们生活安详，这都是镇海大人的功劳啊。眼下，已经是秋天了，我看到这里的庄稼都成熟了，天气也开始变得寒凉了。我想在这里过冬，等待成吉思汗圣上回来相见，你看怎么样？"

我师父这么说，让我一惊。我猜测，这可能是那些接连来拜访的汉族工匠和金国的前妃子与袁氏夫人的来访，触动了师父的内心，他有些想念中原了。也许，师父感觉再往西边走，就不知道会走到哪里去了，恐怕这路没有尽头。

刘仲禄说："神仙，您既然有这样的打算，我是不敢不尊重。不过，圣上有令，到了这里，一切事宜须请镇海相公来决定。"

田镇海叩首道："真人，我如实禀报：臣最近接到皇帝的敕令，说：沿途官员如果遇到真人路过，都不要延缓他的行程，要搞好补给，尽快促成和圣上的见面。我想，我们皇上是渴望早一点见到真人的，如果真人在这里停留太久，那就是臣下的罪过了。镇海愿意即刻跟随真人启程，一路西行，护佑真人尽快赶到圣上的身边。真人，您还需要什么，我立即下令全部都准备好。"

我师父沉吟了片刻说："好吧，既然镇海将军这么说，那我们在这里休整十天半个月，等我占卜了启程的吉日，我们就出发吧。"

田镇海和刘仲禄都表示同意，见面就这样结束了。

二十四

　　定下来在镇海城休整些时日，我们的心情就松弛了下来。镇海城是草原和戈壁上孤零零的一座城池，出了城市几步远，就是无边的戈壁滩和沙漠。远山那淡淡的山影逶迤而去，不知所终。看上一眼，人的心情就变得苍茫和辽阔了。

　　师父和我们十八个弟子商议后决定，在这里留下九个弟子，以宋道安为统管，在这里传播道教事业，并响应当地人的心愿，着手建造一座道观。

　　修建道观的那些天，很多当地人都前来帮助做义工，工匠出技术，富人出钱财，半个多月的时间，一座有大殿、宿舍、厨房、醮坛和配殿的道观，就基本落成了，剩下的事就是油漆粉刷和塑像了，需要留下来的宋道安带领其他师兄弟继续完成。

　　师父看到平地起来的这座崭新的道观，很满意。他感叹说："这真是上天的意愿啊。平地起楼，平地生云，是好事情。也感谢成吉思汗圣上。"

　　我问师父："师父，这座道观起个什么名字好呢？"

　　我师父摸着胡须说："我早就想好了。我看到这里每天的晚霞都非常美丽，遥想到了山东老家栖霞的风土，就起名'栖霞由于我们轻车简从，骑马而行，就可以加速行走。向着西南方向连续走了三天，就翻越了杭爱山。过去，这里曾是突厥人乃蛮部的属地。在唐朝的时候，还是回鹘牙帐所在地，曾经人喊马嘶，一派生机。如今，我们所到之处，一路上经常可以见到累累的人马的白骨，裸露在青草和树林间。山路崎岖，我们走得很艰难。

休息的时候，镇海将军的随从李家奴跑来告诉我师父："神仙，这里有山精出没啊。我曾经路过这里，结果早晨起来发现我的头发掉了一大块，被山精给割掉了！"

镇海将军也说："真人，我也听说，乃蛮部落的王经过这里，都要敬献果品和牛羊给山精，以免灾祸降临啊。"

我师父却笑着说："李家奴是烦恼和害怕导致的'鬼剃头'。我是不怕的。我们只管继续前行吧。"

在这年的中秋节，我们抵达了金山的东北面，在那里作了停留。晚上，我们在临时搭建的简易毡房里煮茶喝。在草原上，煮出来的茶是要放盐巴的，人喝了放盐巴的茶会比较有劲，不虚弱。加牛奶、羊奶的茶自然就更有营养，喝起来喷喷香。我和师父以及师兄弟们都逐渐习惯了草原上煮的蒙古茶。

到了晚上，师父、我和刘仲禄一起，一边品茶，一边继续聊天。

我师父说："刘大人，我想接着听你说说花剌子模苏丹和成吉思汗之间发生的事情。"

刘仲禄说："上次说到圣上成吉思汗后来生气了。他和花剌子模国之间的冲突，完全是花剌子模的苏丹摩诃末引起的。就在我出发去拜见真人的前一年，有一支由一百多人组成的蒙古商队，前往花剌子模做生意，结果，在距离这里三千多里的花剌子模的边境城市讹达拉被抓起来了。他们带的商品全部被当地总督易纳乞克抢劫,一百多人都被他杀了。成吉思汗十分生气,要求赔偿,结果遭到了苏丹摩诃末的断然拒绝。"

我师父说:"可能摩诃末觉得自己的力量十分强大,有些瞧不起成吉思汗吧?"

刘仲禄说:"是的。花剌子模帝国没有建立多长时间,他们根本就不知道蒙古人的厉害,才做出了抢劫蒙古商队杀害商人的事情。成吉思汗发怒了,他流泪向长生天起誓说,一定要报复那些来自大食的自大的家伙。他决定征伐花剌子模了。"

我说:"没有理由的战争从来不存在。可有各种借口的战争比比皆是。这一次成吉思汗觉得他受到了侮辱,就肯定要反击了。"

师父看了我一眼,可能觉得我理解事物的能力太简单了。我师父说:"战争打的就是实力。成吉思汗当时的兵力怎么样?"

刘仲禄说:"从兵力上讲,蒙古兵处于劣势。前年夏天,圣上成吉思汗集结了十五万人的部队,这个数字和探子侦察到的花剌子模国的人马的数量相比,最多是人家的三分之一或四分之一。但我们蒙古兵的战斗力强,彼此之间都是由一个个的家庭组织成部落,部落又联合成军,一个人战死了,旁边的亲人一定要复仇,加上我们的骑兵训练有素,所佩带的兵器长短都有,铠甲坚固,这决定了蒙古兵的战斗力非常强。而成吉思汗进攻花剌子模,也是花了大半年的时间,进行了精心准备的。"

我师父问:"在这些地区,还有些不是蒙古人的游牧部落,他们的态度是什么样的?他们支持成吉思汗吗?"

刘仲禄说:"成吉思汗先到达巴尔喀什湖东面的海押立,找到受到过花剌子模威胁的葛逻禄人,他们的可汗阿尔斯兰答应加入到成吉思汗的队伍里。还有几个回鹘人部落也加入进来,这样,成吉思汗的实力就增加了不少。但是大夏却拒绝了我皇成吉思汗要求增援的请求,因此,成吉思汗对大夏是心怀不满的,早晚要收拾他们。"

我师父问:"成吉思汗的几个儿子,应该都是他最得力的大将吧?"

刘仲禄说:"是啊,真人,上阵就靠父子兵,这是蒙古人打仗的诀窍。成吉思汗和最小的儿子拖雷带领一队人马,长子术赤带领一队人马,次子察合台和三子窝阔台带领第三队人马,开始从几个方向突然进攻花剌子模国,与三倍于他们的摩诃末的部队正面战斗。摩诃末挑衅的时候很大胆,可听说蒙古兵前来挑战了,反而乱了阵脚。他把自己的部队沿着锡尔河的城镇摆开的战斗阵形,兵力虽然多,但却很分散。在每一个聚集点,兵力都是弱的,这样,我们勇猛的蒙古士兵就可以一口口地,逐一吃掉花剌子模的这些地方。"

我说:"一路上,我看到蒙古兵的组织性很强,这是他们制胜的法宝。"

刘仲禄说:"是的。后来,我皇成吉思汗和他的儿子们只用了几个月的时间,就打败了摩诃末。成吉思汗对那些投降的人是仁慈的,但对不投降的就不一样了。每攻进一个不投降的城市,就几乎将城里的男丁全部杀死,将妇女分配给兵士作为战利品。去年,攻进花剌子模国的重要城市不花剌和撒马尔罕,除了城市里的少许工匠,所有的男人都被杀掉了。"

我说:"那花剌子模可以说是不堪一击啊。可每次攻打下一座城池,都要屠杀掉城市里所有的男人吗?这太残忍了啊。"

刘仲禄说:"谁让他们不投降的?投降的城市就不杀人。战争就是这样,不是你死就是我活。你仁慈了,敌人的屠刀马上就落到了你的脖子上。什么是政治家?政治家就是不按感情因素来决定事情而是按照利益来决定选择的人。"

我师父说："那前方最新的战事如何？这关系到我们的行程啊。"

刘仲禄说："这要问阿里鲜了，信使一般会把前方的消息告诉他，他知道最新的消息，我明天把他找来，叫他说给真人听。"

二十五

  第二天，我们继续休整。天气逐渐寒冷，因此要储备很多东西。前面的路似乎更加遥远了。成吉思汗在不断地征伐，战事紧张而激烈，会出现什么样的结果，我们都很难料。也许，再也回不到中土大地了，我暗自有些担心。

  师父却十分镇定，他想更多地了解成吉思汗，为和他的见面作准备。到了晚上，刘仲禄把阿里鲜找来，继续就着油脂灯聊天。阿里鲜是一个在中都生活了很多年的蒙古人，非常机敏聪明。

  我师父说："阿里鲜大人，谢谢你一路上前后照应我们，我们才安全地走到了这里。我想知道更多眼下前方的战事。"

  阿里鲜说："神仙啊，最新的消息我知道一些。信使告诉我，在去年年底，成吉思汗包围了花剌子模的都城玉龙杰赤。你知道，攻打城市不是蒙古人的专长，因此，先围困了起来，让城市里断水断粮。一直到今年的四月，窝阔台把阿姆河的河水掘开，引灌到玉龙杰赤城里，把整个城市变成了沼泽，这才把这座都城给破了。然后，圣上的部队就杀了很多反抗的男人，将那座城市毁灭了。"

我问:"那个惹祸的花剌子模苏丹摩诃末的下落呢?"

阿里鲜说:"摩诃末是个胆小鬼。他一路往西逃了。圣上知道了他的去向,就命令大将者别和速不台带领一队精兵,一路追赶摩诃末,一直追了几千里地,在伊朗境内的里海上一个孤岛上,发现了逃躲到那里的摩诃末,可摩诃末已经因为害怕和筋疲力尽,死了。"

我师父说:"这个摩诃末惹了事却又怕事,成就不了大事业,虽然他占据了那么大的地盘,灭了好几个小国,可最后的命运竟然如此,令人叹嘘。"

阿里鲜继续说:"在这边的战场上,成吉思汗一路打到了阿富汗的呼罗珊,继续围剿花剌子模国的残余势力。摩诃末的儿子札兰丁,比他的父亲狡猾和有头脑,也很勇武。他带着一标人马和圣上的部队兜圈子,捉迷藏,很难抓获。成吉思汗和儿子分成了几路队伍,围追堵截,逐步地消灭了所有的残余力量。"

刘仲禄说:"我听说,在攻打尼沙普尔城的时候,成吉思汗的女婿脱合察牺牲了?"

阿里鲜说:"对,去年,脱合察战死在尼沙普尔城下了。今年的四月,拖雷的部队围困了这个城市好几个月。城市里的人知道蒙古人要来报复,早就做好了准备。他们加固了城墙,在城墙上布置了三千架弓弩机,五百架抛石机,决一死战。拖雷的攻城部队的武器也很强大,也有弓弩机三千架,抛石机三百架,投射火油机七百架,云梯四千架,炮石两千担。这样,从攻城的准备上,丝毫不输于城内守军。拖雷是一个智勇双全的大将,他先把城市周围的乡村肃清,然后开始攻城。战斗持续了一天,非常激烈。信使告诉我,城内城外,万箭齐发,就像蝗虫一样在飞。巨大的石头由抛石机抛射出来,砸到人身上,人当场成肉酱,砸到地上,就是脸盆大的坑。火油机把带油毡的石头发射到城内,引起了城内的火灾。只要有攻城的时机，云梯就立即铺架上去，勇敢的蒙古兵带着弯刀爬上去，和守敌进行肉搏战。不断地有云梯被钩枪推倒，眼见着半空中云梯上的士兵像鸟儿一样飞起来，又像巨石一样掉到地上纷纷摔死。惨烈的战斗一直在进行，一直到第二天拂晓，城墙被打开七十个口子，壕沟也被填平了，蒙古兵蜂拥而入，最终攻破了尼沙普尔城。"

我说："城内守军知道必死无疑，因此才这么勇武啊。"

阿里鲜说："是的。拖雷的士兵在城内又遭遇到了街巷战，城内的每个街区都发生了战斗。虽然敌人很顽强，但一个个的街区就那么被拿下来了。到了中午，拖雷让自己的姐姐、脱合察的遗孀进城，带领一万精兵，对这座城市进行报复性屠杀。四天时间里几乎把城市里的男人、女人和动物都杀完了。为了害怕受到欺骗，连尸体的头都割下来了。最后，按照男人、女人、小孩和猫狗动物的头分别堆放起来，堆放成了四座佛塔形状的人头小山。因为，他们杀了我们的大将，还不投降，那遭到的报复就更致命。"

我的眼前浮现出了这由男人、女人、孩子和猫狗动物的被砍下来的头颅所堆积的四座小山，感到不寒而栗。

我师父沉默良久，说："看来，前线的战事真的是非常激烈。成吉思汗没有要我们停下等他回来的旨意吧？"

阿里鲜说："没有，他一定是希望您尽快到达他身边。"

听到了成吉思汗带着儿子们和手下大将在前线浴血奋战，战争形势的残酷和复杂，让我们这些道人都感到很震惊。我觉得，再往前面走，我们的命运都不好说。

师父依旧十分镇定："那我们明天就出发，尽快抵达。"看来，前去和成吉思汗见面，他并没有要退缩的意思。

我们又出发了。走了一天，横亘在我们面前的金山显得特别高大。云雾缭绕,山前有雨山上晴,天气变化很快。山体高大,有着深深的峡谷和平缓的山坡,我们小心翼翼地前行。

刘仲禄说:"真人,前些年,成吉思汗打败了乃蛮部落的太阳汗以后,就是从这里翻越了金山,进攻抢夺西辽皇位的屈出律,一路追击他而去的。我们现在正行走在成吉思汗的铁骑军所开辟的道路上。"

我师父仰头看山,说:"我知道金山自古出产山金,这山势连绵不绝,高山峡谷沟壑纵横,路途艰险啊,田镇海说得对,马车根本无法通行。只能把一些辎重丢弃了。"

刘仲禄说:"是啊,当年,成吉思汗的三太子窝阔台西征的时候,在这里顽强地开辟出一条大道。我们就沿着那条大道走吧。"

我们骑马跟在后面,田镇海命令他的一百骑兵,用绳子绑在师父的大车车辕上,拉着车子上山,下山的时候,也是这样拉车,控制住速度,安全地把师父送到山下。我看到当年窝阔台开辟的大道上,条石排列得十分整齐,硬是横生生地穿越了金山,打通了从北到南的道路,直接通向了更加广阔的西北大地。

我们在金山里走了四天,艰难地翻越了金山山脉里的五座山岭,才来到了河南面的一条大河边。我们在这条叫作额尔齐斯河的河边扎营休息,并等待前方驿站的人马送来粮食和水等补给。夜晚,在大河边上,空气寒冷,我们跟随师父漫步,师父兴致却很高,接连写了三首诗:

> 八月凉风爽气清,那堪日暮碧天晴。
> 欲吟胜概无才思,空对金山皓月明。

> 金山南面大河流,河曲盘桓赏素秋。

秋水暮天山月上,轻吟独啸夜光球。

金山虽大不孤高,四面长拖拽脚牢。
横截大山心腹树,干云蔽日竞呼号。

二十六

前方的驿站送来了粮食、清水和其他补给,我们得以继续渡河南行。

过了河,地势逐渐开阔了起来。间或有小丘陵横亘在眼前,寸草不生,砂石却呈现出五颜六色来,十分好看。不知道是谁的鬼斧神工,让那么荒凉的戈壁也有了这么多五彩的颜色。有时候,可以看到有一只孤独的鹰,远远地伴随着我们盘旋着,好像也是我们的护卫一样,转了一圈又一圈,突然之间就直接栽到地上。再飞起来的时候,它的爪子上已经有一只野兔了。

到了中午,太阳就变得无比酷烈,能把我们的胳膊、手晒得脱掉一层皮。起风的时候,狂风会漫卷起黄沙,打在我们身上就像被鞭子抽打一样。我戴上了田镇海大人给我们的红铜眼罩,为的是防止沙子进入到眼睛里。但戴上红铜眼罩的模样,肯定有些古怪,因此师兄弟互相之间就打起趣来。

有时候,我胯下的枣红马会十分兴奋,狂奔上一阵子,跑到了队伍的最前面。它和我一样,都喜欢观察着四周的风景和万事万物的变化。有一天,在远方浮动的蜃气中,我看到大片黑压压的影子滚滚地向我们这边冲过来。

我感到害怕，担心是不知道哪里来的大队敌人，就立即通报给师父。

师父说："问问镇海大人吧。"

镇海大人带领的队伍在殿后，他追上来，眯缝起眼睛，观察了半天，说："呵呵，那是一群荒漠上的野驴。"正说到这里，只看见一阵沙尘扬了起来，那成百上千只的野驴就已经冲到了我们的眼前，数量至少有上千头。这么多的野驴在一起，阵势真的就像是一支骑兵队伍那样壮观。领头的野驴看到了我们这一队缓行的人马，开始转弯，向我们的左侧奔跑。所有的野驴就一起向左边而去，驴蹄子杂沓地擂动大地，像一阵龙卷风般，那群野驴就消失在连绵不断的戈壁沙丘后面了。

走了大半天，我们在盐碱地找到了一眼很浅的沙井，在那里埋锅造饭。很快，田镇海的士兵做好了一种带有胡萝卜、洋葱、大米和羊肉混合起来的饭。我们是道人不吃荤腥，因此给我们做的这种饭里面没有羊肉。蒙古士兵说，这种饭是他们跟俘获的乃蛮部落的士兵学习的，就用手抓着吃，营养丰富，味道很香，就叫作"抓饭"。

休息的时候，刘仲禄和镇海大人商量前面的路途如何行进。他说："镇海大人，这段路缺水，很难行走，万一走到沙漠里面出不来，我们就完了。我们倒不要紧，要紧的是真人他们，一旦有安全问题，我们就无法向可汗交代了。"

田镇海对刘仲禄笑了笑说："这段路我很熟悉。我是克烈部落的人，小时候，我就在这里从南到北上千里地来回追逐着牧草放牧。这样，我去给真人说说前面的路途情况。"他纵马跑到我师父跟前，下马之后做抱拳礼，说："真人，您是否对前面的路途感到担心？"

我师父被沙漠上的风吹得脸色红黑，他呵呵一笑："有山有水有草的地方，我们不担心，可这沙漠戈壁之地，真的有些担心呢。"

镇海大人对师父说："真人，前面的路，的确不好走，那是有名的黑戈壁，都是黑色的石头。最近一些年，那里叫作白骨甸了，谁进去，谁就会渴死。当年，乃蛮部落就是在那里被成吉思汗打败的。乃蛮部的人死得太多了，累累白骨到处都是，现在还可以看得见。我们当然要小心些才是。"

我说："可是，我总是看见前面有村庄的影子在浮动啊。"

镇海大人说："在太阳下的戈壁上行走，我们会看见一种幻象，使人觉得前面就是绿洲和村庄，可其实前面只有无尽的沙漠，人一进去，就完了。你看见的就是海市蜃楼。前面的路途比较艰险，我们要穿越一段像波涛一样起伏的大戈壁，连绵有几百个小丘陵，没有水，也没有驿站接应。"

师父说："那我们如何是好？"

镇海大人说："神仙，我看，我们最好在晚上行军，白天太热，我们带的水不够多，驮马也受不了。但夜间行军，黑暗中可能有妖魔鬼怪出来害人，真人，为了防止妖魔捣乱，我们过去的办法是把羊血涂抹在马匹的额头上，那样就可以驱除夜间的妖魔鬼怪了。"

我师父笑了："将军多虑了，妖魔鬼怪碰到正人君子，都会逃得远远的。我们道人都知道这个事，都不怕，你不必如此担心。"

这样，我们白天就停歇下来。我们和大口呼吸，脖子下面的鳃在翕动的蜥蜴一样，趴在阴凉的地方不动。到了傍晚，我们就起程了。

我们把那些拉车的、疲惫已极的牛都留在了驿站，只用马匹来拉车。一路上,我们在沙漠和戈壁间行走。傍晚的沙漠戈壁中可见沙山连绵。沙丘的颜色有白色、黄色和红色,而戈壁则有黑色、褐色和土黄色。在清晨的时候,戈壁上会凝结出一层露水,打湿我们的脚面。走了好几天,我们终于看到前方有一座黑黝黝的山脉的躯体,像一条死去的巨龙躺在那里。这时,天空有如银色的云霞一样,非常美丽。

我师父很高兴,问田镇海:"镇海将军,那里是什么山?"

镇海大人看了看说:"真人,我看,那应该是天山的东段了。我们终于穿越了那段白骨甸子。在山脚下有回纥人建立的城市,我们到那边再休息吧。"

我们后面的行程速度就加快了,白天晚上一直在走。可真的是俗话说的那样,"见山跑死马",眼看着山就在前面,可我们怎么走,就是无法靠近。路上我们还遇到了一个皮肤黑黄的樵夫,问他,他也说那是天山山脉,当地叫阴山。这个阴山和包头北面的那座阴山可不是一个地方。阴山阴山,一定是寒冷的大山啊。

八月二十七日,我们终于抵达了天山脚下,那里有回纥人建立的一座小城。回纥人到郊外迎接我们,把我们接到了当地回纥人首领的家中。

我记得,那是一个很大的院子,由黄色的土墙围起来了。院子里种植了鲜艳的蓖麻树和石榴树,院子的架子上是密集的葡萄藤,葡萄大都被采摘了。在葡萄架下那张巨大而华美的地毯上,早就摆好了葡萄、美酒和各类新鲜瓜果,还有味道奇特的圆形的蔬菜,叫作圆葱,味道很刺激,我不知道那是什么,吃了一次,流了半天眼泪。

首领还送给我们回纥人织的小地毯,每人给了一尺波斯那边过来的布,来欢迎我们。那个肚子很大的回纥人首领给镇海大人和我师父敬酒的时候说:"欢迎你们来到回纥人家做客。你们是上天送过来的美好的人,给我们也带来了福气。从这里往南走,翻越天山走上三百里,就是火洲了。火洲火洲,意思是那里的天气非常热,像火一样的地方。那里的葡萄特别多,比我们这里多。而那里的人和马匹都很容易渴死,所以,尊敬的客人们,你们要在这里把水喝足啊。"

镇海将军就像是回纥人,他是属于突厥很古老的部落克烈部的人,蒙古语、汉语和回纥语都说得很好。我注意到,在当地的回纥人中间,他很有威望。大家都知道他,也知道他是成吉思汗倚重的将军。

我们在当地首领家住了一天。第二天一早就开拔了。随后的几天里,我们沿着天山的北面一路西行,可以看到山脉绵延而去不见尽头。

师父兴致很高,写诗道:

> 高如云气白如沙,远望哪知是眼花。
> 渐见山头堆玉屑,远观日脚射银霞。
> 横空一字长千里,照地连城及万家。
> 从古至今常不坏,吟诗写向直南夸。

二十七

我们靠近了别失八里城。

有人马在前面通报我们的到达。很快,城里的官员、士人、庶民、僧人和道士,都出来迎接我们。当地的回纥人接连不断地送来葡萄酒、珍奇宝贝和各种水果、香料,可见镇海将军在这里的影响力。

在别失八里城,我们停下来休息了几天。当地人就给我们表演歌舞。回纥人的舞蹈非常好看,男人女人热情地跳动,眼睛、眉毛和鼻子都在动。还有小侏儒表演的节目。那个小侏儒,竟然可以在盒子里被刀劈成两半,等过了一会儿出来的时候,还是一个完整的人,让我们惊诧莫名。我还注意到,那些表演者、工匠、道人和士人,都不是一个民族的,回纥人、蒙古人、汉人的装束也都不一样。很多从中土汉地来的汉族人,他们的生活习惯也当地化了。可见,这里的各个民族都能够和谐友好地相处,各种宗教也可以和谐相处,非常难得。因为从唐代之后,这里就流行起伊斯兰教了,而和尚和道士也还在这里念经,从天竺到这里自由地行走,十分难得。

我师父问那些来拜见他的汉族士人和道士:"各位,辛苦你们来看贫道了。这里和中土的差别很大,无论是风光还是人们的生活习惯。这里有什么样的历史,还有什么样的风俗需要特别注意的?我很好奇啊。"

一个羽扇纶巾的士人说:"真人啊,见到您从万里之外的中土来到这里,我很高兴啊。我先和您说说历史吧。在大唐时代,这里是北庭都护府所在地,负责管理西域的事务。因为当地的民族众多,强悍凶猛,并不好管理,所以,汉人统治这里,要刚柔相济。"

我师父说:"在这里当行政官是很不容易的。谁在这里有名声传下来呢?"

那个士人说:"大都护权力很大,都是从长安派过来的。其中,最有名的大都护是杨和,他的政绩很好,对各族人民都能平等对待,得到了各族人民的爱戴,他爱民如子的事迹至今还在流传。因此,很长时间这里都比较安定,没有骚乱。"

我师父说:"那的确不容易啊。历来各个教派之间如同鸿沟,能够和谐相处,是大德啊。这个杨和很能干。过去几百年了,你们还念他。"

一个和尚也对师父说:"真人,在城西,还有一个龙兴寺,里面藏有唐代传下来的佛经,还有两块石碑,上面记载了杨大都护的功业德行。"

我师父问:"我们还要一路往西南方向行走。也不知前面的路途怎么样?"

当地的户籍官说:"真人,您往城东方向走五百里地,可以到达西凉府肃州的武威,从那里沿着河西走廊继续往东,就可以到达长安。而向城西走三百里,就到达昌吉了。那里如今也是蒙古人和回纥人居住的地方。"

我师父很关心这里距离最终的目的地还有多远,他问田镇海:"将军啊,我们还要走多远,才可以到达成吉思汗皇上的行在呢?"

田镇海笑了说:"啊呀,真人,这个事我还真的说不准,因为圣上还在和敌人作战,一直在运动中。也许,真人您还要向西南走一万多里,才可以抵达。这事儿,我回头问问在前面探路的阿里鲜。"

我师父沉默了。我们已经走了一万里,看来,才只走了一半的路。真的是前路迢迢啊。果真有那么远吗?我的心登时凉了半截。那我们什么时候才可以回到中原、回到山东?我的喉咙哽咽了两下,最终没有出声。

我想师父的心情也一定比较复杂吧。当天晚上,他写诗《夜风雨作,园外有大树,复出一篇示众》道:

夜宿阴山下,阴山夜寂寥。
长空云黯黯,大树叶萧萧。
万里路途远,三冬气候韶。
全身都放下,一任断蓬飘。

这首诗写的何等潇洒啊。师父的心志我是明白了。那就像断蓬那样,飘到哪里就算哪里吧!不过,后来我才知道,再走三四千里地,我们就抵达了成吉思汗行军打仗的行宫,没有他们说的那么远。

几天之后,我记得是九月二日,我们继续起程,一路西行而去。

四日,我们到达了昌吉东边的轮台,那里有景教的教长前来迎接我们。这里有景教徒,也是我们师父没有想到的。景教是从西边很远的地方传过来的,他们的人叫作教士,都是高鼻深目的外国人,但是却会说蒙古语、汉语、回鹘语,和我们沟通没有任何障碍。想想这些从西边走了一万里,来到这里的景教教士,我们这一路西行的距离和艰险程度,也许还比不上他们呢。看着那些会说当地话的教士,和师父言谈甚欢,我内心里真的很崇敬这些万里之外的人。他们来到这里,比我们更人生地不熟,却可以安然地待下来,即使只有一个信徒也要传播他们的教义,真是让我感动啊。全真教也应该有这样的人持之以恒地发扬光大才好,我暗自发了心愿。

我的心情好转了许多。人生的境界,是需要不断提高的。行了万里路,我真的感觉到自己的视野开阔了。不管前面的路途有多么的遥远,我们是一定要走到底的。我想,从师父的表情中,我也读到了这样的内容。

在小城南边逶迤而去的,就是巍峨高耸的天山,当地人告诉我,主峰叫博格达峰,它挺立在那里,头戴白雪王冠,十分高大雄伟。

那天,师父和我并肩站着,看着远处巍峨的山峰,有三座山头并肩站立,直插云霄,当下吟诵了一首诗如下:

　　三峰并起插云寒,四壁横陈绕涧盘。
　　雪岭届天人不到,冰池耀日俗难观。
　　岩深可避刀兵害,水众能滋稼穑干。
　　名镇北方为第一,无人写向画图看。

九月九日,我们到达了昌吉,蒙古语把这里叫作昌八喇。统管昌吉城的回鹘王是镇海将军的老朋友,他率领部族大小首领和伊斯兰教徒,以及当地的佛教僧人,一起出了土城,前来迎接我们。

我们在当地的回纥王家里歇息。他的院子很大，种了很多树，也养了很多花。他的包裹面纱的神秘的夫人给我们斟上了葡萄酒。道人喝点葡萄酒的感觉，也是很舒服的。

我还发现这里的西瓜很大，还有椭圆形状的甜瓜，香气馥郁，吃完了，嘴唇上面仍旧带着蜜糖，引来了蜜蜂在我嘴唇边嗡嗡着采蜜。

我师父问在他旁边陪坐的僧侣："你们平时都看什么经典书籍？"

那个胡僧说："我们剃度受戒，拜佛为师，因此读佛经。不过，真人，您要从这里再往西走，就没有礼佛的僧侣了。"

我师父说："我知道回纥人大都信奉伊斯兰教，读《古兰经》，每天向西边做礼拜。我也知道，唐代安史之乱之后，唐朝就开始衰落了。从这里往西，听说有一座碎叶城，李白就是在那里出生的。碎叶再往西走，有一个怛逻斯城，是当时唐代陇右道所管辖的最西边的城市，在药杀水河和碎叶河之间，曾经由高丽人、大将高仙芝统领几千军人守卫，后来被来自西面的大食人打败之后，伊斯兰教就开始东传到这座阴山的南北两侧的大地与子民间了。"

胡僧说："真人，听您谈古论今，是一大享受啊。您一路西行，鞍马劳顿，还要好生休息。"

二十八

　　拜见师父的人都走了之后,师父睡不着,就叫我把刘仲禄喊过来,继续聊天。刘仲禄来了,说:"真人,你看,田镇海的士兵护卫我们,这一路就走得比较放心了。他对回纥人有影响力,我们很安全。"

　　我师父说:"刘大人,贫道睡不着,也写不出诗,就想和你聊天,继续聊成吉思汗眼下正在进行的战事吧。"

　　刘仲禄说:"我听阿里鲜回来说,成吉思汗现在驻扎在大雪山下,在那里追击花剌子模的王子札兰丁呢。我忘了上次阿里鲜在的时候他说到哪里了。他是最了解前方战况的人。"

　　我说:"上次阿里鲜说到了拖雷攻破尼沙普尔城之后,对城市进行了报复性灭绝大屠杀的情况。"

　　刘仲禄说:"哦,对,是的。我听阿里鲜说,今年春天,成吉思汗渡过了阿姆河,把阿富汗的呼罗珊也拿了下来。然后,在夏天的时候,成吉思汗和拖雷在阿富汗的木尔加布河的上游城市塔里寒会合了,而占领了花剌子模都城玉龙杰赤的察合台与窝阔台也前来会合,将塔里寒城毁灭掉了。大军在成吉思汗的带领下,翻越了兴都库什山,进攻范延城。我听说,那里有著名的巴米扬大佛,像一座小山一样高的大佛,就站在大山中间,是工匠直接把山体镂空之后,雕刻出来的。"

我说:"我们会到那里去吗?"

刘仲禄说:"恐怕你去不了那里了,因为,范延城也已经被毁灭了。成吉思汗在攻打这座城市的时候,他最喜欢的孙子、察合台的儿子木阿秃干被守军杀了,所以,成吉思汗特别悲痛。他宣布,攻破这座城市之后,不拿走一样东西,全部毁掉,不赦免一个生物,全部灭绝。因此,我估计,那座城市现在已经是一片真正的废墟了。"

我问:"失去孙子,是一个老人最痛心的事情啊。"

刘仲禄说:"对。阿里鲜听人说,成吉思汗对儿子察合台瞒了好几天。有一天,他和三个儿子察合台、窝阔台和拖雷一起吃饭,假装十分生气,说,儿子不听他的话,然后用眼睛看着察合台。察合台很惊慌,说,父亲,您是指我吗?我不可能不听您的话啊。成吉思汗说:你真的会听我的话吗?你说的是真的吗?察合台说,我就是死了也不会违背父亲的意愿啊。成吉思汗说,好,那我现在告诉你,你儿子木阿秃干死了,你不许悲伤。听见了没有?察合台心里万般悲伤,但是果然控制住自己的悲伤,没有流眼泪。吃完了饭,离开父亲的大帐,他跑到荒野上,才呼号了起来。"

我师父问:"成吉思汗对待宗教的态度到底是什么样的?"

刘仲禄说:"他非常开明,对各种宗教都一视同仁。伊斯兰教、佛教、道教、景教、萨满教,他都喜欢。在他内心里是有敬畏的,知道人算有时不如天算,人是有限的。而宗教是管人的生前身后事,所以,他是有敬畏心的。他很包容,不会把一种宗教抬得很高,而贬斥其他宗教。这一点是他最大的长处。"

师父又问:"你给他敬献了些什么丹药?"

刘仲禄的目光闪烁起来:"那都是我在中都的时候,找的老中医配的养生药。"

我师父说:"他喜欢中药吗?他的身体适合温补吧?"

刘仲禄说:"对,有方士和游医给他献上不少虎狼药,有一次,他吃了之后,鼻子都出血了,显然是热性太高了。我把那些家伙都赶走了。"

师父问:"在他身边,还有不少文人雅士吧?除了帮助他创造文字的回鹘人塔塔统阿,契丹人耶律楚材也很得他的信任吧。"

刘仲禄说:"真人,上次我说他是一个势利的人,您很快就会见到他。这个人现在才三十多岁,公允地说,他汉文化的修养的确很高,一般圣上的诏书都是他代为起草。他的诗写得也很好。真人您的诗写得那么好,肯定和他能说得来。他也多次劝说成吉思汗,不要杀那么多人,在刀下救了不少人呢。"

师父说:"看来,这个耶律楚材值得会一会啊。"

刘仲禄说:"但这个家伙过于聪明了,他对道家是有些防备的。"

师父问:"花剌子模国就这么崩溃了。那王子札兰丁的下落如何?"

刘仲禄说:"这是眼下圣上正在做的事——追击札兰丁。他把被成吉思汗的各路人马打散的残部重新组织起来,在继续抵抗。我想,现在前方的情况就是这些了。成吉思汗在围剿花剌子模国的残余力量,札兰丁虽然在负隅顽抗,但大势已定了。"

师父说:"那我们会见到那些被毁灭的城市的吧。如果碰见了死尸,我们道人就要做超度亡灵的醮事。"

刘仲禄说:"我也没有走那么远,到达过那里。最远我就到达过乃蛮部所控制的地区。"

我师父说:"成吉思汗的胸襟很开阔啊,在他的身边,有各个民族的智慧人充当智囊,帮助他出谋划策。所以,他才可以拥有这么广大的土地和子民。"

刘仲禄说:"对,蒙古人以天为屋,以地为床,他们的心比一般人的要大。他们看到的地方也更远。成吉思汗是秉承了天命之人,必成统治辽阔疆土的大可汗。这一点您也看出来了。他不仅对宗教宽容,他还喜欢接受各种新技术。尤其是打仗用的武器,谁发明出来,给他敬献,经过试验被认为是有用的,他都会重赏。"

我师父笑着说:"我知道你给他敬献了鸣镝。"

刘仲禄说:"对,我是给他敬献了鸣镝。他喜欢鸣镝。还有人给他敬献上火铳,类似大炮那么大的火铳,非常有战斗力,他也很喜欢。还有汉族工匠帮助他设计了一种更可靠的云梯,对攻打城市很管用。成吉思汗的部队有个弱点,就是在草原上横扫过来非常勇猛,势不可当,但在攻打城市的时候却没有耐心。而云梯、鸣镝、火箭、火铳、投石器等都很有用。最有用的,是一个人发明了可以滑翔的空中飞人装置,从高坡上可以借助风力,人在帆布下面固定住,就可以像大鸟那样飞起来,可以飞到城市的上空,观察里面的军力布置,然后,他控制住速度和角度,还可以再飞回来。"

我说:"这真的很有意思啊。空中能飞的人。最早想飞的人在宋朝就摔死了。"

刘仲禄说:"呵呵,是的。还有个汉族工匠发明了一种自动挖掘机械,在攻打城市的时候,可以快速地在下面挖掘,从坚固的城墙下面挖个大洞,然后用黑火药炸开一个大口子。士兵再冲进去,这样城市就被攻破了。"

我师父说:"人们用于打仗的心思,远比用于其他地方更用心啊。不过,战争也是为了重新安定。人就是这样,安定一会儿，就开始重新动荡。然后，新的天子出现，秉承天命统治人间。如果在后来的统治中失去了道义，那么，上天惩罚他的结果就是改朝换代。历史就是这么滚滚向前的，不断循环，如同一场噩梦。"

刘仲禄说："真人看得比我们都深。"

我说："师父，刘大人，夜也深了，我看大家都休息吧。明天我们还要继续赶路呢。"

二十九

第二天,田镇海前来拜见师父:"神仙,圣上派来信使,说让我们尽快赶路,向西之后再向南,他在大雪山下的行营那里,专心等待神仙的抵达。"

于是,九月十日这一天,我们起程继续赶路了。

我们沿着天山山脉的北麓一路西行。骑在马上,看着远处黝黑的山体伴随我们向西蜿蜒逶迤,天高地阔人渺小,雁飞草长没马蹄,我的心情就豪迈了起来。我这样一个年轻的道人,竟然跟着走了这么远,见识了那么多世界上的事物,到达了谁都难以想象的地方,真的是很开心啊。

我就不详细地记述了。我记得,走了整整八天后,我们才进入到艾比湖和精河之间的沙漠地带,那里几乎寸草不生,我们的车子也陷入到沙子里。跋涉了整整一个昼夜,才从那片沙漠中走出来。我看到了人和骆驼、马匹的白骨累累,在流动的沙子里隐现,心里庆幸我们没有被流沙所吞没。

我们继续前行。有时候,在天山的北面走,有时候,会走到山坡的南面,那是为了抄近路,而山坡的南面和北面的植被区别很大。那种像小塔一样的松树,总是长在山坡的北面,而南面才是雨水充沛的。我觉得奇怪,但没有人给我解释这是为什么。

走了五天之后,我们来到了一面巨大的湖泊边上。士兵们欢呼着,马匹向湖边狂奔,人和马都口渴了。我看到,四周的雪峰环绕着大湖,山峰的影子倒映在湖水中,非常美丽。

我师父的心情十分愉悦,他说:"这是天池啊!是上天赐予人间的一汤池水!"并写了一首诗如下:

> 金山东畔阴山西,千岩万壑攒深溪。
> 溪边乱石当道卧,古今不许通轮蹄。
> 前年军兴二太子,修道架桥彻溪水。
> 今年吾道欲西行,车马喧阗复经此。
> 银山铁壁千万重,争头竞角夸清雄。
> 日出下观沧海近,月明上与天河通。
> 参天松如笔管直,森森动有百余尺。
> 万株相倚郁苍苍,一鸟不鸣空寂寂。
> 羊肠孟门压太行,比斯大略犹寻常。
> 双车上下苦敦颠,百骑前后多惊惶。
> 天池海在山头上,百里镜空含万象。
> 悬车束马西下山,四十八桥低万丈。
> 河南海北山无穷,千变万化规模同。
> 未若兹山太奇绝,磊落峭拔如神功。
> 我来时当八九月,半山已上皆为雪。
> 山前草木暖如春,山后衣衾冷如铁。

后来,我才知道,那面湖泊叫作赛里木湖,是由高山上的融雪水所形成的。湖水非常清澈,但却不见游鱼,可能是水太冷的缘故吧。

我们在湖边休整了半天,人马都喝足了水,吃饱了东西,就开始向南部的山麓而去。现在,我们走的是前年成吉思汗的二太子察合台所开凿的一条山路,可以想见大批人马经过这里往西南方向行军的艰难,我不由得佩服起成吉思汗的眼光和能力了。但见山路崎岖,周围都是松树和桦树,峡谷中奔流跳荡着河水,天气寒冷,薄薄的雪覆盖在地面上,马蹄很容易踩空到树洞里,引起一阵阵马的嘶鸣。

我们很快又从山上下到了河谷里。在峡谷中走了两天,来到了一条平缓奔流的大河边,这条河谷叫作伊犁河谷,风景秀丽,水草丰茂,气候宜人,我看到了桑树、野苹果树、枣树茂盛,很奇怪在深秋的天气里,这里却有着春夏季的植被和树木。

在河岸边行走,我不时地被河中跳跃起来的大鱼的鳞片发出的闪光所惊呆,那鱼瞬间又跌落到水里,发出了噼啪的声响。

九月二十七日,我们到达了阿里马城。"阿里马"是突厥语,意思是苹果,可见,这里盛产苹果。后来,当整个花剌子模帝国完全覆灭之后,成吉思汗皇帝的二太子察合台就在这里建立了他的察合台汗国的首都。

我记得,我们靠近阿里马城的时候,当地的回纥人首领、王族和蒙古镇守将军,都前来迎接我们进城。看来,我们此行,一路上都有信使通报,得到了很好的待遇。

我们在阿里马这座小城市休整停歇了几天。

这里出产一种羊毛织品,非常暖和,每个人都配备了羊毛衣服,这对我们接下来的行程很重要。那些衣物都是用羊毛和棉花混合织成的,颜色白亮,质地结实,穿在身上很温暖。我还看到当地人用陶瓶盛水,顶在头上走路。我的师兄弟有人会制造农具和取水用具,比如井辘轳、水车、木桶等,就送给他们一些用具,这些回纥人就夸赞我们聪明,制造的东西非常巧妙。

他们叫我们汉族人为"桃花石",说:"桃花石做的各种东西,都非常巧妙。"

在阿里马城休息,我就经常向远处眺望。远处的山峰之上,白雪皑皑一片,可是山脚下我们的宿营地则温暖如春。这里昼夜的温差很大,早上穿皮袄,中午穿背心,晚上要裹着棉被才可以睡觉。

几天之后,我们起程继续西行,沿着大河边上走,这样人和马的饮水可以很好地解决。这条被叫作伊犁河的河流宽阔、水面平静,转弯向西北方向流去。而河的南面,则被大雪山所包围,如同巨大的屏障,隔开了南北的天地。

十月二日,为了向南行,我们乘船渡过了伊犁河,来到了山脚下的一个小城市里休息。这个时候,师父得到信使骑马送过来的讯息,得知这里距离成吉思汗西行行宫已经不远了。刘仲禄和师父话别,离开了我们,他要前往成吉思汗的行在去汇报我们即将抵达的消息,看看成吉思汗还有什么最新的谕示。

其实,说不远,却仍旧有一千多里地呢。在西域,大地上距离的标准,都被放大了。

十月七日,在田镇海将军带领的士兵的保护下,我们翻越了一座大山。在驿站里,我们遇到了一个从成吉思汗的行在归来的东夏使者,他前来拜见我师父。师父感觉很奇怪,怎么还有一个东夏国,那是一个什么样的国家啊?

田镇海告诉我师父:"金国的中都被圣上成吉思汗的手下大将木华黎攻破之后,金朝的一个大臣在辽东建立了一个小政权,叫作东夏,这个使者是为了向成吉思汗称臣,去觐见成吉思汗的。现在,他觐见完毕,踏上了万里回程。"

我师父就问那个东夏的使者:"使者,你告诉我,从成吉思汗的行在出发到这里,你走了多久?"

那个使者说:"我走了两个半月才到达这里。我听说,成吉思汗正在率兵追赶花剌子模的王子札兰丁,都打到身毒(印度)去了,所以,师父,您的路途还很遥远呢,以你们的速度,至少要走三个多月。"

师父笑了:"我们这一次出来,走了快一年了,三个月,说明距离已经不远了啊。"

我们都欢呼了起来。因为再走三个月,就可以到达目的地了。就在这个时候,我看到天空飘起了雪花。那雪花非常大,翩然而至,真的是"雪花大如席"的感觉。一片片飞下来,覆盖在大地上。顷刻,大地就是一片白茫茫的了。

我师父用手接了一片雪花说:"每一片雪花都是不一样的,正如世间之人,每个人也都不一样。不信,你们可以仔细地观察。"

我凝视那落在我掌心的雪花,但雪花旋即就化了,什么都没有看见,只有一滴晶莹的水滴停留在我的手心里微微地颤动。

三十

十月十六日，我们来到了大石林牙城。这里是当年辽国被金国灭亡之后，大臣耶律大石带领几千人，一路西逃到这里建立的都城，又叫作虎思斡耳朵。我知道西辽是不断地西迁的，走了十多年才到达这里。后来，这里变成了吉尔吉斯人的伏龙芝城。

我看到，这里与天山南北的景色已是大不相同。这里平原辽阔，水土丰美，既可以灌溉种植农作物，也可以种植葡萄和水果，是一个很适合农耕和生活的地方，气候宜人，女人都包裹着脸庞，显得非常的神秘。但连年的战乱，也使大石林牙城显现了衰败的气象。人间的战争是最可怕的，它不仅制造死亡，还制造残垣断壁。而荒草又会和时间一起，把残垣断壁重新抹平，然后人们再重新盖起来新的房屋。大地上的事物就这么周而复始。

我们在那里休整了两天，十月十八日，我们离开了大石林牙城，继续往西南方向走。走了七八天，路两边都是大雪山，这里的自然条件十分恶劣，不适合农耕和定居，只适合追逐水草而居住的游牧民族。我师父写诗《望大雪山之西有诗》道：

　　造物峥嵘不可名，东西罗列自天成。

南横玉峤连峰峻，北压金沙带野平。

下枕泉源无极润，上通霄汉有余清。

我行万里慵开口，到此狂吟不胜情。

  我们路过了一座已经被废弃的、由红色石头修建的城堡，看到漫天的乌鸦飞了起来。为什么会有这么多的乌鸦？又是谁在这里建造了这样一座古堡？我凝望着那群在晚霞中飞翔的身影，感到了无边的惆怅。谁在这里走过？谁又死去了？是谁为那些人哭？谁又最终消失了？没有人告诉我答案。

  我们继续前行，沿着河流或者山脉的脚下行走。

  有路的地方我们走过去了，没有路的地方，我们在草丛和树林里寻找道路，也走过去了。我想，那些寻求霸业的人，在大地上，到底要拥有什么样的权势呢？占有土地，自然是他们最向往的事情。走了那么远，我才知道，大地上的事物有这么多，山川和人的形态也有那么多。可占有了土地，你也会失去，因为人不会永生，土地的主人却在不断地变动。

  有一只鹰在长空凝止一样旋飞，在它的眼睛里，我们这一行在天地之间行走的人，是不是十分奇怪？它会猜测我们到哪里去吗？那只鹰跟了我们一阵子，然后就消失在苍穹中不见了。

  十月底，我们来到了塞蓝城，当地的回纥首领出来迎接我们，并热情地接待我们住下。他告诉镇海将军和我师父，成吉思汗率领大军，在撒马尔罕城往南的大雪山下扎营了，距离这里不算远。看来，我们距离目的地是越来越近了。而且，成吉思汗的大军就扎营在大雪山附近，成吉思汗指挥部队四下征伐，他不会再继续西行了。

  得到了这个消息，我们都松了一口气。

十一月初那几天，接连下了几场大雪，将塞蓝城和附近的大地山川覆盖得一片苍茫。而我们这些跟随师父走到这里的弟子们，心情却沉重了起来。因为，我们的师兄弟、虚静先生赵道坚的身体不行了。在路途中，他就不断有小恙，到达塞蓝城之后，因为天气变化，原先的肺病加重了。

连日来，他都卧床不起。这一天，他对师父说："我跟随师父一路西行，在河北宣德州的时候就有预感：此行我很可能不会再回到中土老家了。如今，我们一路奔走了一年多，现在我又病了，感到身体十分疲惫，师父啊，看来，我的归期已经到了，您别伤心难过。"

我师父叹息道："弟子啊，人各有各的福分和寿数。顺从天意吧。可人生的告别，还是让我伤感。何况，你要走在师父的前面，我哪里会不伤心呢！"

虚静先生咳嗽着说："师父，您常说，道人不应该因生死而动心，也不能介意人生的苦乐。我都记下了。"他转身对围簇在他身边的我们说，"诸位道兄，我升天之后，你们一定要好好侍奉师父啊。"

我们都黯然泪下，劝慰他。可他的身体看来真的无法复原了。十一月五日，虚静先生病死在塞蓝城。我师父命令我们把他安葬在城东面的一片平原上。挖开被冰雪覆盖的地层，我们埋葬了赵道坚。

祭奠之后，我们就继续上路了。走了很远，我还在回望那片原野上的那个小土包，它显得那么的孤独和凄凉。难道我们真的就把虚静先生留在这里了吗？

三天后，我们来到了察赤城。这是一座很小的城池，从城墙上，可以看到战火燃烧过的痕迹。城墙不仅颜色红黑，连土都烧酥了。可以想见这里发生过怎样惨烈的战事。战争过后,总是一片疮痍,人丁减少,土地荒芜,房屋破败,飞鸟哀鸣。

守卫在察赤城的,也是一个归降成吉思汗的回纥族部族,首领的年纪很大了,一把很长的白胡子十分耀眼。他迎送我们的礼节很周到,我们吃到了很好的热汤面。

休整了一天,我们继续出发了。师父的心情似乎急切了起来。我们又走了两天,来到了霍阐河边。从霍阐河上的浮桥上过河之后,我们在河的西岸停留。管理浮桥的官员给镇海大人送来了河里捕捞的大鱼,那鱼大得让我们很吃惊,有像半个人那么大。我看到鱼的牙齿很锋利,是那种吃鱼的鱼,味道十分鲜美。

当地官员还告诉镇海大人:"附近有花剌子模的残兵和流寇作乱,你们要当心些。"

镇海大人和师父商议之后,决定加快赶路,争取早点到达撒马尔罕,那里驻军多,会比较安全。当天夜里,我们就继续出发了。翻越一座小雪山,从叫作大坂的隘口穿过苍茫的大山,沿着前往撒马尔罕城的一条小道艰难地穿行着。

我感觉路途越来越艰险,道路难行,似乎四周到处都是危险。一路上,我们经过了一些被成吉思汗的部队在不久前摧毁的城镇,虽然已经是天寒地冻,但我可以闻到到处都弥漫着尸体的臭气。因为那些城市但凡不投降的,被成吉思汗的部队攻打下来之后,所有的男人都被杀掉,而女人和一些工匠被分配给了将士们全部带走。因此,到处都是战争带来的破坏景象。

我感到了害怕,因为,我从来都没有见过那么多的尸体,他们以各种姿势,死在城市的周围。我们不断地前行,有时候,师父带领我们停下来,超度那些亡灵。

荒芜的大地上只有风和草,没有什么人烟。我们又到了一座小城市,才又看见了水草,当地的回纥首领前来迎接我们。在道边上，我们看到一个回纥老人拉着一头牛，从一口深井里打水给路过的人喝。据说，成吉思汗看到这个老人那么老了还在操劳，就下令免除了他今后所有的赋税，还给他留下了一些钱粮。

十一月十八日，我们又渡过了一条河，这条河是忽章河的下游，来到了撒马尔罕的城北地带。忽然间，在我们前面，浮现出一座阔大的城市，那就是这一片广袤的土地上，从唐代就很有名的撒马尔罕城。我们欢呼了起来，镇海大人的士兵们也用手中的兵器发出铿锵声，以示庆贺。他们也感到这下安全了。

我师父勒马眺望那座城池，不禁欣喜万分，吟诵了一首诗，名曰《至邪米思干大城出诗一篇》：

　　二月经行十月终，西临回纥大城墉。
　　塔高不见十三级，山厚已过千万重。
　　秋日在郊犹放象，夏云无雨不从龙。
　　嘉蔬麦饭葡萄酒，饱食安眠养素慵。

三十一

十一月十八日，我们抵达了撒马尔罕。这的确是西域的一座大城市，远看那城墙就很巍峨，似乎能连绵好几十里。迎接我们的，有成吉思汗倚重的太师耶律阿海，还有蒙古人和回纥人的首领。他们都远远地出城来，搭起了大帐来接待我们了，一时间，冠盖如云，车马喧闹，场面变得十分隆重。

因为前方道路不通，宣使刘仲禄虽然曾早于我们开拔，但现在也滞留在撒马尔罕，一起前来迎接我们，大叫："神仙，见到您真高兴啊！"

师父也向他施礼，情绪高涨，大家见面都十分高兴。

我们在大帐内坐下来，喝奶茶，品尝瓜果。太师和我师父寒暄着。这时，刘仲禄大人对师父说："真人啊，耶律阿海太师曾派人察看前方通往大雪山下的皇帝行在的道路，刚才，探子回来了，说，通往大汗行在的路上，有一条大河，很宽阔，是我们此行最后的考验了，河上原来架有舟桥，可都被花剌子模国那些流窜的败兵在逃跑时给破坏了。因此，现在过河很困难。"

太师说："那你给真人有什么好建议吗？"

刘仲禄说："我建议，这么冷的冬天，不宜继续行走，马匹困倦，车轮打滑，真人和众弟子一行就在撒马尔罕休息过冬比较好。等到来年的春天，我们派人造的大船造好了，过了那条大河，再去觐见皇上吧。"

刘仲禄说完，我师父点了点头。镇海大人、太师耶律阿海也都表示同意，然后，喝完了热乎乎的奶茶，我们就从撒马尔罕城的东北门入城了。

撒马尔罕在唐朝的时候就是一座大城市，是通往最西边的大秦国的要道丝绸之路上的货物集散地。我们走在城市的街道上，还可以看到城市繁华的痕迹。但如今，我看到的都是残破的房屋和被烧毁的店铺。据说，原先这里至少有二十万人居住，成吉思汗的士兵打败了统治这里的花剌子模苏丹之后，有几万人战死，大量市民被杀，女人、孩子和工匠都逃难去了。眼下，在城中，回纥人比较多，他们是原住民，早先乃蛮部落统治这里的时候，这里还是都城。如今，城里的汉人工匠、契丹人、河西人全都杂居在一起，负责城市的重建工作，成吉思汗的重臣耶律阿海就负责安抚和重建工作。

太师耶律阿海看上去有七十多岁了，足智多谋，善于决断，为人和蔼。他曾是金国派到蒙古诸部落的使节，看到金国迅速衰败，后来为成吉思汗效力，和弟弟耶律秃花一起屡立战功。耶律秃花正跟随大将木华黎攻打金国，而他则跟随成吉思汗一路西征到了这里。

在撒马尔罕，太师耶律阿海安排我师父住在了苏丹新建的、还没有来得及享用的宫殿里。那座宫殿位于一片高高的土岗上，因为战火牵连，显得有些破败了。太师不仅派人尽快修缮好，还送来了金缎十匹，但是我师父坚决不要。

太师就更加敬重师父了，下令叫人每个月供应师父和我们这些弟子生活用大米、白面、食盐、菜油、水果和蔬菜等,安排得十分周到细致。

刘仲禄看到我师父喜欢多少喝点葡萄酒,喝了酒就喜欢作诗作文,唱和酬答,就打算用储藏的一百斤冬葡萄酿新酒。那些葡萄还带着白霜的印记,新鲜异常。

我师父说:"何必酿酒呢?把新鲜的葡萄给我们,用来招待宾客,就很好了。"

于是,我们就每天吃着甜美的葡萄。

这是一段闲暇而舒适的日子,我们终日就是修炼、读书,睡得也安稳了。在撒马尔罕,我看到了孔雀、大象等来自东南方几千里的印度的动物,觉得很稀奇。师父每天很忙,因为有很多汉人来找师父问道和看病,什么样的人都有。还有一个擅长天文历算的人,来和师父讨论天象,师父就和他说起了五月初一那天我们在路上看到日全食的情况。

就是在撒马尔罕的那些日子里,我师父认识了成吉思汗的谋士耶律楚材。耶律楚材也就三十多岁的样子,非常英俊潇洒。他来拜见师父的时候,出示了给师父写的颂诗。师父一看他的诗篇,就知道这是一个奇才。

据说,耶律楚材三岁失去了父亲,母亲杨氏把他抚养大。他自幼喜欢读书,对天文地理、文学艺术都很有兴趣钻研,还掌握了算命、占卜、星象、中医、历法、佛道等各类知识,成年之后,作为皇帝的宫廷谋士为金朝皇帝效力。金宣宗南迁东都汴梁之后,他留在中都,成吉思汗的部队攻陷中都的时候,把他俘获了。

成吉思汗爱才,听说了他才华横溢,就召见他,说:"你是契丹王族后裔,和金人有灭国灭族之仇,如今,我把金人的国都都占领了,把他们赶跑了,是给你报了仇啊。你说是不是啊?"

耶律楚材回答道:"我的祖父、父亲和我前后都在给金朝皇帝效力,已经是金人的臣仆了。我既然是金的臣仆,那我就不能有二心,也不会对金国的失败感到高兴,那样我就连猪狗都不如了。"

四下的人一听耶律楚材这么回答,都觉得成吉思汗会大怒,会马上把耶律楚材推出去砍头。但成吉思汗很尊重那些有节操的人。他赞许地点点头:"好,好!我听说你是个人才,对星象和占卜很在行,我想请你为我效力,出出主意。好不好?"

于是,耶律楚材就留在了成吉思汗的身边,成为了成吉思汗的谋士。他懂得多种文字,对汉族文化更是十分通晓,诗歌写得很好。成吉思汗对他算命、占卜和看星象的本领很是佩服。每次出兵打仗,都要耶律楚材看星象、打卦。每一次耶律楚材占卜得都很准确,成吉思汗十分信赖他,叫他"吾图撒合里",汉语的意思是"长髯公",因为耶律楚材虽然年纪不大,但身材高大,喜欢留胡子,有着一把黑得发亮的长胡子。

成吉思汗说:"吾图撒合里啊,我的大胡子智者,你是天赐予我家的谋士啊。昔日,我们蒙古人的萨满预测吉凶的时候,都是用羊胛骨来预测。把骨头烧得开裂之后,来观察裂纹纹路,预测吉凶,经常很不准确,还会误导我做出错误判断。我就曾经上过我的大萨满阔阔出的当,差点害死了我的弟弟合撒儿。如今,你看星象,让我顺应天意,打卦看卦相,让我明白了事情在随时变化当中,要注意变化是事物的根本。你很高明啊。"

耶律楚材说:"圣上,您说得对,一切都处于变化之中,因此要随时注意变化的倾向。我的打卦和看星相,看到的都是'势',势是在不断变化的,有时候往东,有时候往西,有时候往左,有时候往右,根本就不会固定在一个地方。只有把握了

'势',才可以把握大势,把握了大势,那就所向披靡了。因此,臣下主要是帮助您看'势'在往哪里运动,然后告诉您如何把握住势。这也没有什么稀奇的啊。"

成吉思汗就更喜欢他了。

那年夏天,成吉思汗打算西征攻打乃蛮部。升旗宣誓出兵的那天,突然遇到了雨雪交加的情况,成吉思汗怀疑这是天意不许他出兵。但耶律楚材说:"玄冥之气,在夏天里就出现,是好兆头,这是您克敌制胜的征兆啊。"

果然,成吉思汗征伐乃蛮部,一路取得了节节胜利。

到了冬天,本来晴空万里,忽然打起雷了,成吉思汗又让耶律楚材占卜吉凶。耶律楚材说:"乃蛮部的首领当死于原野。"果然,成吉思汗的部队很快就打败了乃蛮部的太阳汗,太阳汗死在了荒野上。成吉思汗把太阳汗的王后古尔别速纳为姜。

还有一次,乃蛮部的星象家说,五月份要有月食发生,但耶律楚材说:"不会。"到了八月,有一颗明亮的彗星划过天空,耶律楚材说:"女真人要换主子了。"果然,金宣宗不久就死了。成吉思汗就更加信任耶律楚材了。

后来,在成吉思汗征战的过程中,因为对占领地居民进行屠戮,使疫病流行,耶律楚材利用自己的医药知识,用大黄配制出特殊药物,挽救了很多百姓和士兵的生命,如此就名声更大了。

这些都是我师父在和耶律楚材的交往中,由他告诉我师父的。在撒马尔罕的日子里,我师父和耶律楚材的交往,是他最开心的事情。眼看着严冬来临,人马行走困难,而屋子里则炉火兴旺,在炉边促膝谈心,是多么惬意的事情啊。

三十二

　　这一天,屋子外面继续飘飞着大雪。世界白雪皑皑,银装素裹,看不见任何杀伐的痕迹了。也没有南边的大雪山下成吉思汗的新消息。

　　听刘大人说,成吉思汗驻扎在大雪山下,安心等待来年春天我师父到达那里,去给他讲道论法。

　　我师父和耶律楚材对坐谈心。我师父翻看着耶律楚材带来的一些书籍,按照他的要求做一些解答。我师父说:"这些医学书,都是我中土汉地千年流传下来的宝贝啊。有的我也只是听说过,没有见过。"

　　耶律楚材说:"圣上的部队攻城略地,蒙古兵将喜欢的,都是金银财宝,而我喜欢的,就是书籍和药品。所以,每次部队攻破了一座城池,别人去抢东西,我则在战火中寻找书籍和药物。这些书,都是我在那些被毁坏的官吏和富人的屋子里寻找到的。要是它们不在我的手里,就会在火里消失了。"

　　我师父说:"你是功德无量啊,年纪不大,却道义深厚,你让我佩服!我想问问你,你和成吉思汗圣上那么熟悉,你怎么看待他发动的这一场场的战争?我来年春天就要和他见面了,我要多多了解他啊。"

耶律楚材说:"真人,谢谢您的夸奖。成吉思汗显然是天赐的一代雄主,是顶天立地的英雄。我们只有辅佐他,帮助他成就霸业的命运。地上的国家在建立过程中,避免不了战争,战火中受损失最重的,自然又是平民百姓。因此,把平民百姓的损失减少到最小,是我们这些人的责任,我在圣上面前经常就劝说他,不要杀那么多的人,要让不是敌人的人有活命的机会。"

我师父说:"他听你的吗?他的性情多变吗?他是不是很猜忌?也许,他很难听进去不同意见?"

耶律楚材说:"真人,恰恰相反,他喜欢听谋士的,只要你说得对,说得有道理,他是能听进去的。这个人雄才大略,他的性情很稳定,有着坚强如铁的意志,超越常人的忍受力和远见。当然,他很聪明,如果一个人怀有坏心思,他一眼就看出来了。"

我师父说:"蒙古人是游牧民族,正如契丹人和金人是渔猎民族一样,和中原地区汉族人的农耕民族不一样。契丹人建立了大辽,你们姓耶律的贵族很重视吸收汉族文化,金人也是如此,对农业很熟悉,让百姓休养生息。而蒙古人在占领了汉地的城市的时候,除了毁坏城市里的一切,大肆掠夺一番之后就走了,这其实并不了解农业和农耕的重要。这一点,成吉思汗他明白吗?"

耶律楚材说:"圣上原先并不明白,他手下的兵将们在攻破敌人的城池之后,的确以劫掠为主,把能拿走的全部拿走。可汉地的生活方式是农业,要问耕地要粮食,要一切的生活必需品。你把那些农民都杀了,到哪里去弄粮食、棉花、菜油和桑麻呢?所以,我就给圣上禀明,不应该杀掉征服地区的农民,摧毁那些耕地,而应该保护那些农民继续在他们的土地上耕作,然后向他们征税,只要他们把从土地所得的十分之一给我们就可以了。后来,成吉思汗手下大将在攻打中原的城市和山东的时候,采取的就是这个办法。结果,当地的农民和地主、豪强,都拥护我们了。"

我师父赞叹道:"你这个建议救了很多人的性命啊,你是有大德之人啊。"

耶律楚材说:"真人,您过奖了。我不过是说出了一些事实而已。我对圣上说过:'战马之上建立的帝国,您是不能靠战马来统治的。'圣上就问我,'那有什么办法统治来那么大的国土呢?'我说:'必须要赢得人心。赢得人心,就要让他们安心生活下去。安心生活下去,他们创造的一切财富,也就都是你和你的帝国的。'圣上对我的建议感到满意。"

我师父说:"看来,成吉思汗是一个善于纳谏、明白事理的君王。而且,我听说,他延揽了不少人才在身边?"

耶律楚材说:"是啊,他的确让很多有才能的人围拢在他身边。各个民族的都有,汉人、契丹人、金人、吐蕃人,还有畏兀尔人,都有出类拔萃的人,只要他听说了,就请到他身边来。像有一个乃蛮部落的畏兀尔人塔塔统阿,和我一样,受到了礼遇,他给圣上帮忙很大,帮助蒙古人创造了一种文字。"

我师父很感兴趣:"那是一种什么样的文字呢?"

耶律楚材拿出来一些文书:"就是这样的文字。"

我师父拿过去看:"我一个字也不认识。你认识吗?"

耶律楚材笑了:"我都认识。这是一个告示,是塔塔统阿起草的,意思是收集粮草准备好过冬的一些事项。"

我师父问:"塔塔统阿来自哪里?他现在在哪里?我很想和他聊聊。"

耶律楚材说:"塔塔统阿是突厥种的畏兀尔族人。畏兀尔族很早就有自己的文字,据说是从大西边的叙利亚语演变过来的。聪明的畏兀尔人把这种语言变成了书面的文学语言,写了很多文学作品。他们的文化比很多游牧民族部落的文化高级。塔塔统阿原先是乃蛮部的掌玺文书,突厥语、汉语、女真语、蒙古语都会说。十多年前,成吉思汗把乃蛮部灭掉的时候,把他也抓起来了,但我们圣上不大了解什么是掌玺官,就问他,你拿着那个石头做的东西干什么?能有什么用啊?"

师父问:"他怎么回答?"

耶律楚材说:"塔塔统阿回答:过去,我们的乃蛮王汗发布命令、征收钱粮、任免官吏的时候,都要在诏书上盖上这个玉玺的印,这就说明了文告的真实、严肃和至高无上。而没有盖玉玺大印的,就是假文书,就不是真的诏书了。成吉思汗听了,很高兴,就说:塔塔统阿,既然这样,你也当我的掌玺官吧,我今后发布的诏书,就都盖上玉玺大印好了。就这样,塔塔统阿成了成吉思汗身边的掌玺官,从此,成吉思汗宫廷内的文件,也都用突厥畏兀尔文书写了。不仅如此,成吉思汗还让他的四个儿子,都学习畏兀尔文字,就让塔塔统阿教育他们学习。"

我师父说:"成吉思汗还真的是海纳百川啊。他自己目不识丁,倒很善于学习别人的文化。这样的人,自然有大作为。我记得镇海将军,就是突厥畏兀尔人。"

耶律楚材说:"对,镇海大人是畏兀尔族人。您此行经过了别失八里吧?畏兀尔人过去在那里建立过小王国,唐宋的时候叫高昌回鹘,他们的君主叫亦都护,前些年,我见过他们的一个叫巴尔术的亦都护,他这个人很聪明,看得远,听说了我们圣上在漠北统一了各个部落,成为一代雄主,就知道世界要发生很大的变化了,立即派了两个使臣,先去表达臣服和颂扬,表示愿意以成吉思汗第五个儿子的心意,来做藩属。"

我师父说:"他看得的确很远。"

耶律楚材说:"我们圣上觉得人家主动表示友好和臣服,自然龙心大悦，痛快地答应了。于是，十年前的某天，巴尔术亲自带了丰厚的进贡物品前往哈拉和林的大斡耳朵。我听说，巴尔术带来的那些东西，有丝绸、锦缎、黄金、白银、珠宝、毡毯、葡萄酒、乳酪、药材和上等的牛羊和马匹，成吉思汗看到这些东西，和它们背后的意思，十分高兴，把自己的女儿许配给了巴尔术。"

我师父说："这样一来，丝绸之路的要道上就有了藩属和盟友，成吉思汗和巴尔术两相宜啊。成吉思汗对商业和贸易也很关心吗？"

耶律楚材说："他过去不大懂得商业和贸易的事情。是我给他不断地解释和灌输商业贸易的重要，他就开始重视起来。毕竟，任何地方打完了仗，接下来就要进入生活和生产的状态了。"

我师父说："所以，花剌子模的苏丹摩诃末手下将军抢劫成吉思汗的商队，还杀了那些商人，他才那么的愤怒，一定要摧毁掉花剌子模国。"

耶律楚材说："对，这就叫作师出有名。那个成吉思汗的商队很庞大，有五百头骆驼，满载黄金、丝绸、白银、毛皮和药材，在讹达剌城被管理那座城市的将军哈亦儿罕抢劫和杀害，成吉思汗愤怒了。谨慎起见，他还派去了三个人组成的使团，要求摩诃末交出哈亦儿罕，但这三个使节一个被杀，另外两个被侮辱性地剃光了头发，最终使花剌子模国遭到了我皇成吉思汗的报复，现在，它灭亡了。剩下的一点残部，正在四处逃窜，被我圣上的人马清剿和追击呢。"

三十三

在撒马尔罕的日子十分轻松自在。整个冬天过得很快，师父和很多当地人，以及成吉思汗的大臣们往来唱和，十分愉快。

那些天，我师父还见到了前来和耶律阿海商议事情的塔塔统阿，他也专门来拜访了我师父。那是一个穿皮袍子的突厥畏兀儿人，相貌俊美。他对我师父礼数有加，一见面，就互相赠送了礼物。

我师父问："塔塔统阿大人，我听说了您的事迹了。您最近在忙些什么呢？"

塔塔统阿躬身说："真人，我在修改我执笔写的青册呢。"

我师父问："青册是什么啊？"

塔塔统阿回答："昔日，圣上成吉思汗让我继续担任掌玺官，同时让我立'白纸青册'，用我创立的畏兀儿蒙古语记载国事。青册，就是蒙古的历史啊。我在修订和整理我十多年前就开始写的青册，要不然，谁去记录伟大的成吉思汗创造的历史呢？"

我师父说："汉族人有伟大的《春秋》《国语》《史记》《汉书》《后汉书》等史书，从汉朝开始就流传了下来，我们可以看到从传说中的三皇五帝时期一直到前朝的皇上的历史。后世修前朝史，成为一个规矩。蒙古人骑马奔走在草原上，人死了就埋下去，马踏平草坡就再也看不到了，这就如同他们的历史一样湮没在草丛里。所以，你创立蒙古畏兀尔文字，用来记载历史，功绩堪比司马迁。"

塔塔统阿说："司马迁是伟大的人物，我连他的十分之一都比不上。"

我师父夸奖他："你谦虚了。你就是成吉思汗的司马迁。"

这时，耶律楚材也前来拜访师父："真人，我新写下了几首诗，都是和您的诗的，请您看看怎么样。"看到塔塔统阿也在，就十分高兴："呵呵，你也在这里，一起帮我看看这诗写得怎么样吧。"

我师父拿起耶律楚材写在很厚的粗纸上的诗来看。第一首叫《过金山用人韵》，是和我师父一首叫《南望阴山三峰》的韵律的：

雪压山峰八月寒，羊肠樵路曲盘盘。
千岩竞秀清人思，万壑争流壮我观。
山腹云开岚色润，松巅风起雨声干。
光风满贮诗囊去，一度思山一度看。

于是我们都叫起好来。我也想起来我们穿行在阿尔泰山，也就是金山时所见到的那些壮美的风景，眼下就像活了一样，那些风景重新浮现在我的眼前。

塔塔统阿接着读第二首，和我师父的诗《过阴山韵》，诗名是《过阴山和人韵》：

八月阴山雪满沙，清光凝目眩生花。
插天绝壁喷晴月，擎海层峦吸翠霞。

松桧丛中疏甽亩，藤萝深处有人家。
　　横空千里雄西域，江左名山不足夸。

　　塔塔统阿念完，我们也都赞赏耶律楚材的这首诗写得好。塔塔统阿说："我们突厥畏兀尔人也有写诗的传统，有一种形式叫作柔巴依，是四句一首的，我试着也做一首吧。"说完，他低声地吟诵道：

　　　　大海没有时间和沙子交谈
　　　　它永远在忙于书写浪涛
　　　　万物都会走向死亡
　　　　只有人，是死亡向他走来

　　我师父赞叹："很有哲理啊，这样的形式类似我们汉语中的四言绝句。"
　　塔塔统阿说："我们写柔巴依的时候，都是随时有想法就写下来的。大都是对生活的感悟，对世界的观察和思想的火花。我现在又有了一首——"

　　　　乌云的思想由闪电记载，由惊雷传达
　　　　太阳即使在忧愁时也要穿上光明的衣裳
　　　　生命是死神服用的丹药，所以死神长生不老
　　　　最远的光明也比离我们最近的黑暗更靠近我们

　　塔塔统阿的这四句一首的、充满了智慧结晶的柔巴依，使得大家感到欣喜和震惊，几个人不禁都抚掌大笑着赞叹好诗篇。我师父的兴致也来了，他开始踱着步子，吟诵一首《西江月·道本有为》：

> 道本有为有作，原非枯坐空顽。
> 修丹何必弃家园，混俗和光取便。
> 我自闻师口诀，方知木本水源。
> 教人口口更寻天，太乙金仙立见。

耶律楚材立即赞美道："真人，您这首西江月写得好啊，把道家的得道之法于有意无意和道法自然，说得十分透彻。当年，我曾在燕京造访了一座没有人的道观，写下了一首词，《鹧鸪天·题七真洞》，刚好和真人的这首西江月，来相映成趣了——"

> 花界倾颓事已迁，浩歌遥望意茫然。
> 江山王气空千劫，桃李春风又一年。
> 横翠嶂，架寒烟，野花平碧怨啼鹃。
> 不知何限人间梦，并触沉思到酒边。

我师父说："好词。在这首词里，眼前荒凉的道观，与远处那些生机勃勃的野花，互相映衬，更加显示出人间世事的无常，你寄托的感叹非常深厚啊。"

塔塔统阿说："汉语诗歌很复杂，我虽然懂汉语，可诗词的魅力我还是所知有限。不过，听音韵，也觉得很好。"

正在这个时候，刘仲禄进来了，他对耶律楚材说："中书令大人，镇守燕京的大将木华黎派兵将临济宗的海云和尚护送到这里了，现在，海云法师想赶紧见到您。"

耶律楚材大喜过望，说："好好，我马上就去看他。"他和师父以及塔塔统阿话别后，就匆匆离去了。

我师父问刘仲禄："海云和尚到这里来干什么呀？"

刘仲禄说："禀报神仙，海云和耶律楚材的师父、禅宗高僧万松长老很熟悉，耶律楚材曾经在万松长老门下潜心钻研佛法三年时间，海云来找他，也是为了在圣上成吉思汗那里为佛家发挥影响做事情。"

我师父"噢"了一声，就不再说话了。等到刘仲禄和塔塔统阿都走了之后，师父对我说："这个中书令耶律楚材很年轻，他儒家、佛家都很通达，师从万松长老学了三年佛法，那他内心对我们道家是排斥的。今后，他很可能会对道家做不利的事情。"

我说："师父，我看他和您唱和往来十分愉快，怎么可能做对道家不利的事情呢？"

师父说："我看得比较远。这个人的文化修养十分深厚，佛家、儒家是他的根基，一旦到了佛道之间争执不下的时候，他会站在佛家一边，批判道家的。"

过了很多年，那时我师父已经仙去了，我主持全真事业的时候，发生了佛道之间的一场大辩论。而耶律楚材专门写了《西游录》和《辨邪论》来攻击道家和我师父，果然就像我师父早先预料到的那样。

三十四

刘仲禄派人继续到前面去打探,探子回来后,刘仲禄带他来见师父,探子报告说:"大河上的舟桥过去被摩诃末的败兵破坏了,如今,已经被皇上的二太子派兵修好了。但这个季节还是不宜出行。"

刘仲禄说:"二太子听说真人来到,十分高兴,说圣上目前驻跸在大雪山下,那里当地人叫作兴都库什山。眼下,大雪封住了道路,无法通行,等来年春天雪融化了,他再派兵来护送师父前往皇上的行在。"

我师父点头说:"再往南走,一千里地都没有任何庄稼了,请刘大人帮助准备好粮食和蔬菜,明年春天我们就出发。"

整个冬天,师父和我们就住在苏丹过去的宫殿里,修炼、独坐,参悟,我们的生活如常。白天,有时候我们在撒马尔罕城内走动。这座城市曾经遭到了严重的毁坏,四分之三的人口在战争中都消失了。到了晚上,宫殿里的大殿上,烛火晃动着我们的影子,在异族的空间里,我们都感到了时间的沧桑。宫殿的墙上,有师父题写的《凤栖梧》两首:

其一

一点灵明潜启悟,天上人间,不见行藏处。四海八荒惟独步,不空不有谁能睹。

瞬目扬眉全体露,混混茫茫,法界超然去。万劫轮回遭一遇,九元齐上三清路。

其二

日月循环无定止,春去秋来,多少荣枯事。五帝三王千百祀,一兴一废长如此。

死去生来生复死,生死轮回,变化何时已。不到无心休歇地,不能清净超与彼。

两首词,表达了师父对世间王权霸业兴衰的感叹,对道家的深刻理解和发扬光大的心愿。道,在我们心中正在熠熠生辉。而世间苍茫的事情,都是浮云而已。我念着念着,师父又来兴致了,直接吟哦道:

东海西秦数十年,精思道德重究玄。
日中一食那求饱,夜半三更强不眠。
实迹未谐霄汉举,虚名空播朔方传。
直教大国垂明诏,万里风沙走极边。

我们都叫道:"师父写得好啊,写得好啊,也是我们要说的话,我们要表达的心情。"

师父再次让我拿笔拿纸,继续吟成了另外一首诗:

弱冠寻真傍海涛,中年遁迹陇山高。

> 河南一别升黄鹄，塞北重宣钓巨鳌。
> 无极山川行不尽，有为心迹动成劳。
> 也和六合三千界，不得神通未可逃。

转眼之间，就到了壬午年春天，算下来，距离我们最开始出发时已跨越了两个年头。我看到，苏丹宫殿的花园里，那些杏树、桃树、樱桃和很多不知名的果树和植物都开花了，花团锦簇，争奇斗艳，十分灿烂。

到了二月二日，杏花就迎着一场春雨落了。司天台的判官李公来请我师父到郊外春游赏玩。刘仲禄也前来陪同师父，和我们一同出发了。

这一天，天气晴朗，树木发了新芽，很多地点都有亭台楼阁，雕梁画栋，飞燕啁啾。大家在师父的周围，谈玄论道，诗词唱和，举杯共饮，一直到傍晚，才回到旧宫殿里休息。我师父写诗一首，表达了他潇洒爽朗的心境：

> 阴山西下五千里，大石东过二十程。
> 雨霁雪山遥惨淡，春分河府近清明。
> 园林寂寂鸟无语，风日迟迟花有情。
> 同志暂来闲睥睨，高吟归去待升平。

到了三月上旬，阿里鲜终于从成吉思汗的行宫回来了。他宣读诏书，传达成吉思汗的旨意："真人从日出之地前来，跋山涉水，一路鞍马劳顿，十分不容易，现在，朕已经从追击札兰丁的路途中返回了，急着要听神仙的讲道，请真人休息好了之后，就尽快前来见朕。"

这封诏书中还嘉奖了刘仲禄大人和一路护送的镇海大人：

"你们护送真人西行辛苦了，朕特别高兴。"成吉思汗还命令手下大将、骁勇善战的万户博尔术护送，"因路途艰险，且叛军时有骚扰，博尔术要带领全副武装的一千名铁甲兵，护送真人，过最险要的铁门关。"

于是，我师父决定把尹志平等三人留在撒马尔罕的宫殿、我们的馆舍里，打理不断前来求道和投靠的、饱受战火伤害的人。师父则带领我和其余人员，加上宣使刘仲禄和镇海大人，在三月十五日这一天起程了。

四天之后，我们就到达了碣石城。这里又叫作沙赫里夏勃兹。前面就是险要的铁门关了，大将博尔术带领一千铁甲兵在前面开道，人拉马拖，向东南方向艰难行走，硬是翻越了一座大山。只见山势崎岖，乱石穿空，士兵在前面拉车，骑兵在前后护卫。

走了两天，我们才翻越了大山，沿着阿姆河北岸的支流希拉巴特河，继续前行。把我们护送到了平缓的地方，完成了护送任务后，身体强健的博尔术大将告别了镇海将军和我师父一行，就带领一千士兵继续向北面的山林里剿灭山贼去了。听说前线战事吃紧，成吉思汗的士兵追击札兰丁，在八鲁湾遭到了挫折，因此，过去被攻破的附近城池里的突厥人纷纷叛乱，需要继续剿灭。

晚上，山河寂静。月亮却非常明亮。但见河边芦苇满地，黑色的大蜥蜴在芦苇里穿梭，我感觉很惊奇。这一天，已经是三月二十九日了。

又走了四天，我们终于到达了成吉思汗的行在所在地、兴都库什山的南边雪山下。我听见师父轻舒了一口气。

三十五

这一天是四月五日。听说我们已经到达,成吉思汗立即派大臣喝剌播得前来迎接我们。到达成吉思汗的皇宫行在,我们稍事休息,刘仲禄和镇海大人先前去禀报。

过了半个时辰,成吉思汗派镇海大人来问我师父:"真人,是现在就请您前来见面,还是真人先歇息歇息,晚上再见?"

我师父回答:"希望现在就入见。另外,请镇海大人禀报皇上,道人面见皇帝,从来都不行跪拜礼,就行躬身叉手礼。"

这是很重要的细节。镇海将军慌忙又进入大帐禀报,然后传话说:"圣上回答说:都可以。一切遵从神仙的方便。"

随从安排好了我们行李和住宿之后,我师父就由阿里鲜、耶律阿海、镇海大人和刘仲禄陪同,一同去觐见成吉思汗。那时,我的心里非常忐忑。我很有些害怕。一路上,看到了成吉思汗和他的将军与士兵们摧枯拉朽的战斗力量造成的景象,我理解了战争的残酷。成吉思汗肯定是一个有着钢铁般意志的人,是一个为了目的绝对不会弯腰和罢休的人,也是一个心怀四海、胸有万仞的人。这样一个正在人世间建立千秋霸业的人,他会怎样来对待我们?

缓慢地走向大帐,我看到,成吉思汗所在的大帐十分巨大,仿佛是一座圆形的白色宫殿,坐落在一片雪山的下面。护卫的士兵全都高大威猛,虎视眈眈地看着每一个靠近大帐的人。一种奇异的香气从大帐中流溢而出。

听到侍卫高声呼唤:"请丘真人觐见圣上!"太师耶律阿海、侍从阿里鲜就带领我师父和我们几人一起鱼贯而入。

我低着头进去,完全不敢抬头看。这时我看到,我师父是昂首而入,叉手行走,潇洒自然,背影坚定而挺拔,我心里的恐惧就减少了很多。我看到,在大帐深处,有一个很大的卧榻,上面铺着雪白的毯子,还坐着一个高大健壮的男人,他的装束打扮十分简单,但却很高贵。他脸色庄严,不怒自威,两鬓可见一些灰色的头发。我想,他可能就是成吉思汗了。

我看到师父并没有下跪,而是躬身叉手,行了道人的礼,然后,旁边有人立即拉过来了厚厚的垫子,请我们落座。

耶律阿海太师等人按照他们的座次和习惯,依次盘腿坐在地毯上。

一见面,成吉思汗就微笑着嘉许我师父:"请真人坐下。我知道,别的国家邀请师父讲道,真人都没有答应,现在,真人为了给朕讲道,不远万里前来会面,朕非常欢喜,朕非常高兴!"

我师父站起来拢手微笑着回答说:"山野之人,奉诏而来,是天意啊。"

成吉思汗很高兴,就让我们都再次坐下,他的随从转眼之间就摆好了令人眼花缭乱的食物和美酒。成吉思汗又问:"真人远道而来,可有什么长生不老的药,带给朕吗?"

我师父沉默了片刻,回答说:"圣上,贫道只有养生之道,而无长生之药。"

这个时候,我非常担心我师父的直率言语,会让成吉思汗皇帝感到恼怒。因为，成吉思汗太想长生不老了。他戎马生涯、倥偬半生，如今，也年逾花甲了，精力不如过去强健，因此，他迫切地希望能有长生之药帮助他延缓衰老。也不知道有多少方士和巫师给他进献过各种丹药呢。过去，刘仲禄给成吉思汗皇帝说，我师父都已经三百岁了，才有了这次不远万里的邀请。可是眼下，我的师父却说，"只有养生之道，而无长生之药"，虽然话很诚恳，也很真实，但是眼前的这个皇帝会喜欢吗？

所有的人都屏气凝神，看着成吉思汗皇帝如何反应。这个时候是那么的漫长，又是那么的紧张。我看到，成吉思汗略微迟疑了一下，就立即点头赞许："真人很坦诚，朕很喜欢。真人很好啊。"他就转移了话题，吩咐阿里鲜在御帐的东边，为师父和我们搭建两座白色毡房。阿里鲜立即出去办理了。

看来，成吉思汗的心情很好，大家都松了口气。接着，成吉思汗又问镇海将军："镇海将军，人们平时怎么称呼真人呢？"

镇海大人回答："圣上，一般的人称呼他为师父、真人、神仙。"

成吉思汗说："好，知道了。今后，我们都要称呼真人为神仙。神仙，今天咱们先见了个面。吃完饭，你就跟随我的部下，到前面的雪山上去看看吧，那里凉快舒服，景色也好。附近的叛贼都被我们消灭了，十分安全。"

那天，成吉思汗和我师父约定好，在四月十四日这一天，他将问道于师父。成吉思汗还命令镇海将军、刘仲禄、阿里鲜和太师耶律阿海、内臣耶律楚材等人，到时候一起旁听，由太师耶律阿海翻译，由耶律楚材记录问道的内容。

我们就都等待着四月十四日的到来。但是，随后几天，情况发生了变化。探子来报告，说附近有花剌子模国的王子札兰丁的残部正在集结作乱，他们杀害蒙古哨兵，偷袭运输车队，继续向蒙古人挑衅。

成吉思汗皇帝大怒，打算亲征，于是让耶律楚材占卜看星象。最后，根据星象，成吉思汗把向师父问道的时间定在了九月初，也就是半年之后了。

我师父就对成吉思汗说："圣上，既然这里战事不休，贫道想先回撒马尔罕的馆舍居住，安心等待您，等到十月问道的时候我再来。"

成吉思汗说："也好，也好。不过，等神仙再来这里时，路途上又很辛苦。我也有些拿不定主意啊。"

我师父躬身说："不打紧的，也就走半个多月，就到这里了。这里天气寒凉，陛下您也要多加注意。我带来了一些养生的药丸，请陛下按时服用，自会精神强健。"

成吉思汗很高兴："养生之道和养生之药，朕也都喜欢。朕也知道你的心意。的确，神仙啊，我们还没有彻底消灭札兰丁的残余势力，我们还在战斗当中，有时候就顾不上照顾神仙了。问道之事非常重要，必须要选择良辰吉日来进行，我们十月再见。"

我师父题赠了一首词，敬献给了成吉思汗：

大道无形。方寸何凭。在人人、智见高明。能降众欲，解断群情。作闹中闲，忙中静，浊中清。

情态如婴。怀抱如冰。自蒙笼、觉破前程。吾言至嘱，君耳深听。下十分功，十分志，十分成。

成吉思汗叫耶律阿海给他翻译了这首宣讲道家的词的意思，一边展看师父的书法，频频点头称许，说："汉字也很好看，你们的文化非常深奥啊。"

随即，他命令宣差杨阿狗带领一千士兵，和刘仲禄一起护送神仙和随从一行，明天就起程回到撒马尔罕。

第二天，我们就返回了。我们返回的路途走的是一条新路，但见山峰陡峭，石门如同刀削斧砍的一样。在荒郊野外，到处都是死亡士兵的枯骨横陈于野。眼前战乱的痕迹是新的，是刚刚发生的。大火、兵器掠过的痕迹到处都是。我师父默默祷告，我们都对战乱的后果十分吃惊，喃喃自语，说战争实在太可怕了。包括铁甲兵在内的所有人都感到累坏了，可我师父却激情满怀，看到眼前战乱的痕迹和尸体，他写诗道：

水北铁门犹自可，水南石峡太堪惊。
两崖绝壁揍天耸，一涧寒波滚地倾。
夹道横尸人掩鼻，溺溪长耳我伤情。
十年万里干戈动，早晚回军复太平。

在上述这首诗里，我师父表达了他厌恶战争，向往早日和平的心志。

三十六

这一次，回返撒马尔罕的路我们走得比较慢，也并不着急，是走走停停。宣差杨阿狗是汉族人，他负责护送我们。他是一个谨小慎微的人，只有确认了前面绝对安全，才会让我们出发。在半路上，我们还遇到了西征的蒙古兵，他们手里有非常漂亮的珊瑚，显然是战利品，杨阿狗花了四十两银子买了五十铢，送给我师父，师父没有要。

我师父想起来，我们从撒马尔罕出发去觐见成吉思汗的时候是在春三月，那个时节，草长莺飞，万物茂盛。才过了不到两个月，就已经是草木开始枯黄的时节了。想来，也许和附近的战火有关，也许和今年的旱灾有关，但见山川风物都有凋敝的景象。我师父很感慨，作诗道：

外国深番事莫穷，阴阳气候特无从。
才经四月阴魔尽，却早弥天旱魃凶。
浸润百川当九夏，摧残万草若三冬。
我行往复三千里，不见行人带雨容。

在路上，碰到了宣差李公，他得到成吉思汗的命令，正前往燕京，给大将木华黎传递信息。熟人相见在荒郊野地，十分亲切，互相赠送礼物。想想李公可以踏上东行回中原的路了，我们一行也不知道何时返回，心里很怅惘。师父给李公的赠诗，说："请捎送给燕京的众位道友，他们都盼着我早点返回呢。"

> 当时发轫海边城，海上干戈尚未平。
> 道德欲兴千里外，风尘不惮九夷行。
> 初从西北登高岭，渐向东南指上京。
> 迤逦直西南下去，阴山之外不知名。

一直走到五月五日，我们才返回到了撒马尔罕城，继续在苏丹旧宫殿的馆舍里住下来，和原先留在这里的尹志平道人重新会合了。

我和师父所住的馆舍位于一片山崖之上，非常清净，也不容易被侵扰。下面是一条非常清澈的河水。那河水是雪山水，清凉无比，昼夜不停地流淌着，发出了像孩子喧闹一样的哗啦啦的声响。

很快，就又到了六月，天气很热，我师父不愿意待在闷热的屋子里，不知道为什么，苏丹的旧宫殿里通风不怎么好，师父就干脆睡到了屋顶的高台上。我们都怕他着凉了，他说："屋顶上有自由来去的风吹着，多么好啊，你们干脆也上来睡吧，可以看到星星，而且没有蚊子的袭扰。"

我们就都搬到了屋顶去睡。果然，既没有蚊子，还可以看见星星。在师父兴致高的时候，还可以听他谈玄论道。

那个季节，庄稼也在加速成熟。撒马尔罕的居民逐渐安定了下来，他们收割了田野上成熟的庄稼。在过去，位于阿姆河和忽章河之间的土地肥沃的地区叫作河中地区,适合农作物的栽培和生长,也适合种西瓜和甜瓜。六月里,瓜果飘香,当地一位李姓官员专门拨给了我师父五亩地的瓜田,供我师父和我们这些弟子们取用。

我就经常到瓜田里摘瓜,看到有的西瓜和甜瓜像斗那么大。甜瓜非常甜,吃上一块,嘴里跟抹了蜂蜜一样。这段时间,宣使刘仲禄一直陪伴我们,他安排师父和我们需要的生活用具和供给,十分周到殷勤。

我就继续观察当地居民的生活形态。在撒马尔罕居住的人和中原汉地的人装束上大不一样。这里的男人都梳辫子,男人戴的帽子像是远山的形状,女人都包着头巾,眉眼都很俏丽,样子妩媚。而且,女人们很善于在头上顶着生活用具,走起路来还非常稳当。这在我看来真的是一幅难得一见的风景。

当地的工匠很擅长打造黄铜做的生活器皿。他们的农具也是由生铁铸造,坚硬,结实,但模样古怪。所用的瓷器大都是从中原地区来的。当地也烧造一种灰白色的瓷器,质量粗糙。当地人非常喜欢喝酒,葡萄酒、小麦酒、高粱酒都有,喝酒用的壶是锡的,而酒杯则是琉璃做的,很漂亮。

他们买卖东西也用铜钱铁钱,但中间没有孔洞,两面都凸显着回纥文字。男人都十分魁梧和强健,女人腰臀丰满,善于生养孩子。女人有比中原女性更多的自由,她们可以在很多情况下改嫁。我还看到有的女人竟然长着胡子。他们有自己独特的节日,有时候整整一个月都要戒斋。开斋的那天,长者亲自割羊肉,给大家分食,妇女孩子们也很高兴。

在撒马尔罕城的一角,有一座高台,每天早晚,都有教长在高台上大声地呼喊,成年的男女听到了,就在任何地方跪下来进行礼拜。教长的脑袋上缠着长达三丈的布做成的帽子。在这里除了我和师父这些道人，和大和尚海云暂时停留以外，当地完全不信奉道教和佛教。佛教过去曾经在这里兴盛过，但唐朝之后，就被伊斯兰教替代了。

我师父觉得这里的风俗和中土完全不同，写诗道：

> 回纥邱墟万里疆，河中大城最为强。
> 满城铜器如金器，一市戎装似道装。
> 蒻簌黄金为货赂，裁缝白毡做衣裳。
> 灵瓜素椹非凡物，赤县何人构得尝。

七月，成吉思汗皇帝的二太子察合台路过这里，刘仲禄经得了师父的同意，到瓜田里挑选了一些西瓜，奉献给二太子。二太子也送来了很多蔬菜和粮食作为回赠。

整个夏天里，温差都很大，早晚很凉爽。师父带领我们研习经书，他也经常写诗。远望大雪山上白雪皑皑，仿佛戴着一顶白雪的王冠。我师父又写了一首诗如下：

> 东山日夜气洪濛，晚色弥天万丈红。
> 明月夜来飞出海，金光透射碧霄空。

那些日子，师父白天静思，晚上读道家经书，十分逍遥自在。

七月十六日，师父派宣差阿里鲜送表章到成吉思汗皇帝的行在，确定讲道的日期。八月七日，阿里鲜得到信使的通报，要我们即刻起程的批复，八月八日，我们再度从撒马尔罕出发，前往成吉思汗皇帝位于大雪山下的行在，太师耶律阿海送出去了几十里地。

我师父说:"太师,您请回吧,听说,最近撒马尔罕城东有两千户回纥人叛乱,昨天晚上我在宫殿的房屋顶上,看到了那边火光冲天,您是成吉思汗任命为掌管撒马尔罕事务的人,赶紧去安抚和平定那些叛乱吧。"

太师施礼说:"真人所言极是,您一路注意安全。"就打马和随从回去了。

八月十二日,我们过了碣石城,这里又叫沙赫里夏勃兹。我们沿着一条山谷走,山脚下有泉水流出来,可泉水竟然是咸的,太阳晒了之后,就变成了白色的盐,我们搜集了好几斗带在身边,因为人不吃盐就没有力气,一路上我们可以就着盐,喝水,吃回纥人烤的面饼。

前面就是险要的铁门关,在那里,前来接应的一千名铁甲步兵和三百全副武装的骑兵护卫已经在等候着我们了。他们花了半天的时间,护送我们过了险峻异常的铁门关。

八月十五日中秋节,我们是在一条河的岸边大营里度过的。那条河十分开阔浩大,如同我们的黄河。巨大的月亮映照着天地万物。后来,我们连夜开拔赶路,为的是躲避回纥部族的叛乱和可能的袭击。路上碰到了成吉思汗的三太子的汉族医生郑公一行人,特地赶来和师父相见,我师父当即给他写了一首赠诗:

  自古中秋月最明,凉风届候夜弥清。
  一天气象沉银汉,四海鱼龙耀水精。
  吴越楼台歌吹满,燕秦部曲酒肴盈。
  我之帝所临河上,欲罢干戈致太平。

在班里城,我们也没有停留,因为附近不断有回纥人的小型叛乱发生，局势很不稳定。他们对蒙古鞑靼人的征服心存畏惧和强烈不满，一旦前线传来成吉思汗的战斗遇到挫折，就开始骚乱了。

　　八月二十二日，师父熟悉的老朋友田镇海将军率兵前来迎接我们。师父和我们悬着的心放下了。

三十七

到达成吉思汗的行宫大帐，夜晚时分，但见大帐内隐约透出烛火的摇动。立即有人进帐禀报我们的抵达，成吉思汗宣召我师父立即进去。

我师父再次觐见皇帝，我们这十八个弟子都垂手站在外面，隐约可以听见大帐内成吉思汗豪放的笑声，和我师父沉着的说话声。看来，成吉思汗很高兴，结束会面，他命令手下赐乳酪给师父和我们吃，还命令手下安排我师父好好休息，以便选择合适的时日认真听讲。

到底是九月里哪一天给成吉思汗讲道，我师父也不知道。因为，前线的战事是在不断发生变化的。这个时候，札兰丁的那些残部还在不断地集结，并对蒙古兵发起突然袭击。因此，成吉思汗要发布各种作战命令，随时掌握事态的发展。好在花剌子模国已经完全被打败了，剩下的残兵也就是袭扰而已，难以改变战场上的大局。

八月二十七日，我们就听说，在大雪山的北部还有札兰丁的残部，猛烈地袭击了当地的蒙古军营，于是，成吉思汗皇帝决定北上征伐。

我们也跟随他的行宫继续北上了。

九月初,我们渡过了阿姆河,在一片草原上扎营。我师父和我们几个弟子住的毡房就在成吉思汗大帐不远的地方。

成吉思汗似乎也很注意我们的安全,他要卫兵对我们加强保卫,在毡房外面,昼夜都有铁甲兵站岗放哨,我们睡得很安稳。

九月十五日,成吉思汗决定在大帐中设立斋庄,而太师耶律阿海也从撒马尔罕赶来了。因为他要担任翻译。成吉思汗看到机缘已到,就请求当天晚上听师父讲道。

太师前来告诉我师父,我师父清洗了面容和身体,换上他最新的道袍,准备好了。

那天傍晚,成吉思汗戒斋结束,大帐里面灯火辉煌,我们几个弟子在大帐门口侍立。我听见成吉思汗皇帝说:"今天,我终于能安下心来,很高兴地请神仙您给我讲讲道啊。"

太师耶律阿海担任翻译,旁边的阿里鲜、镇海、耶律楚材等近臣,都期盼着我的师父讲道。耶律楚材拿好了纸和笔,担任书记的工作。

这是激动人心的时刻。我师父静心默诵了一阵,开讲了:"好,陛下,我首先感谢您的信任。贫道不远万里,前来给您讲道,是一生难忘的事情。这就是缘分啊。我先写了六首赞道的诗歌,给陛下呈上。"

师父挥挥手,我们几个弟子立即上前,单腿跪下,双手举起黄色的长锦匣子,师父打开匣子,从里面取出来洒金的宣纸,递给在成吉思汗身边的太师耶律阿海,太师打开卷轴,给成吉思汗念道:

道运阴阳秀,天成造化功。鬼神精不见,山海气潜通。

道运阴阳秀，天垂雨露精。三光同照耀，万化悉生成。
道运阴阳秀，人沾雨露恩。幽明随日月，造化出乾坤。
大朴含元气，无方禀至神。至神通造化，元气合经纶。
大圣开天地，长空布日星。回还分昼夜，今古照生灵。
日月腾光彩，风雷震杳冥。含弘无作用，变化有神灵。

成吉思汗和颜悦色："请中书令讲解。"

耶律楚材将我师父献上的这赞道六首一一解答，成吉思汗听了点头表示满意："神仙对道的赞美，我听懂了。您可以继续讲给我听。"

我师父很欣然，他说："陛下，道家道家，道是第一位的。什么是道？我要详细地说给陛下听。道是根本，道是一切的宗旨。是因为：道生天，育地，日月星辰、鬼神人物，都是从道而生，道是万物的基础和母体。人们一般只知道天大，但是不知道道的大。贫道我平生离开家庭和亲人，所学习终生的，唯独就是道。道生天地，开辟鸿蒙，最后才生出人来。人是万物之灵，刚开始诞生，就神光自照，行步如飞，不同于其他走兽。那个时期，地上生出了野生的庄稼，树下生发出可以吃的蘑菇，人们不用借助炊具，就可以生吃。这个时候，还没有火的发现和利用，因此，那些野生的粮食和菌的味道很香，很自然，人用鼻子去嗅闻它的香气，用嘴巴去尝它的味道，后来逐渐就失去了轻盈的感觉，为什么呢？是因为爱欲之念想过于深重的原因。学道之人，比如我们这些道人，就是因为这个道理才去修习道法的。世人爱的我们不能去爱，世人住的地方我们不能去住，我们去声色，以清净为唯一的安慰心灵和肉体的办法。屏蔽各种世间的滋味，以恬淡为美。"

成吉思汗点头道："神仙，您讲得很好。"

我师父微笑着也点头，继续说："陛下，道和德又是一体的两面，有的人并不明白何为道，何为德。一些人的眼睛只看见颜色，耳朵只听见声音，嘴巴只尝到滋味，追逐自身的情感和欲望，就会逐渐散失其元气。就像充气的蹴鞠，气体充实了，就饱满，气体散失了，就瘪空。因此，人，要以气为主，光想着追求物欲而不断动念头，元气就散了，如同蹴鞠的气散了一样。上天生出两种灵物；一种是动物，一种是植物，草木之类都是植物，植物并无意识，它们依靠雨水和露水而活，自己就能枯荣循环。人属于动物，动物是有感情的。如果没有衣服穿，没有东西吃，是无论如何无法度日的，因此，动物要经营自己的生命。昼夜劳作，是因为身体和嘴巴需要营养。

"这里就说到了人。人，分男人和女人，男人是阳，又属火，女人是阴，又属水，阴阳相克相生，阴消阳，水灭火。因此，学道之人，必须而且首先要戒色。这是首要的一个准则。人们平时为了衣食住行而劳累自己的思想和身体，虽然散失了元气，但是却散失得少，而贪恋色欲，则损耗精神，不仅散失元气，而且，会散失得很多。"

成吉思汗点头说："元气很重要啊。我就感到有时候精力不如以前了。以前，我可以吃下半只羊，现在，一顿只能吃下一条羊腿了。"

我师父说："因此，陛下应该养精蓄锐，固守元气。天地之间，道生出两仪，轻而清者，上升为天空，天，属阳，也属火；重的、混浊的，则下降为地，地属阴，也属水。人居中于天地之间，背负阴而怀抱阳。因此，学道之人，首先要知道修炼的道理，要点在于去掉奢华，屏蔽欲望，固精守神。人要是只炼阳气，阴消失了而只保全了阳气，就会升天成为神仙，就如同火苗朝上升腾。愚昧痴迷之人，把酒当作琼浆玉液，以妄念当作平常的东西,放纵自身,追求欲望的满足,耗散精力,损害精神,于是就导致了阳衰而阴盛,则沉入地狱变成鬼,如同水总是往地下流一样。"

成吉思汗说:"这个道理比较好懂。水总是要往低的地方流,人却要往高处走。学道之路也很不容易啊。"

我师父接着说:"对,陛下。因此,学道之人,修真求道,就如同背着石头上山,山越高,就越觉得累。如果颠仆跌倒,那就前功尽弃了。因为修道很难,所以世上大部分人是没有办法去追求道的。这就是修道之难。而背离道则很容易,去追逐欲望的满足,就如同把一块石头扔到陡峭的斜坡上,越卑劣鄙俗,就越容易堕落,不一会儿就会滚下陡坡,一去无回,是因为往下坡滚非常容易。世间的大部人都是这样,并不领悟其中的道理。"

九月十五日,我师父大致就讲了这些。他讲完,叉手躬身施礼,缓慢地退下。

整个讲道的过程,成吉思汗都命太师耶律阿海给他一句句地翻译,并经常表示赞许。他还命令耶律楚材认真做记录。

我师父坐定后,成吉思汗说:"朕对今天听到的感到很满意。神仙,您讲的我都明白了。这些内容,让我今天心潮澎湃,让我心情爽朗。我很高兴听到神仙的讲道。"

我们都退下,回毡房休息了。这一天,星空凛冽,灿烂无比,我这个做弟子的内心里也充溢着饱满的情绪,兰花在我内心开放。

三十八

　　九月十九日晚上，天清气朗，成吉思汗让看了星象，认为是讲道的好日子。于是，耶律阿海前来请我师父，去给成吉思汗进行第二次讲道。听的人和上一次的一样，翻译还是太师耶律阿海，记录的人也一样。

　　我师父说："圣上，我这几天神思敏捷，又写下修道六首，特给陛下献上。"他命我们再次奉上锦匣，由太师耶律阿海展开来念给成吉思汗听：

　　　　眼耳离声色，身心却有无。自然通造化，何必论精粗。
　　　　炼气清心士，干云拔俗标。心如山不动，气似海常潮。
　　　　自生还自灭，无浅亦无深。不悟身非我，难明物是心。
　　　　玉鼎丹砂沸，金壶碧酒香。鬼神心莫测，天地寿难量。
　　　　道自无为显，心因有法生。混元含万象；太一起虚名。
　　　　有动缘无动，无为即有为。三光不照处，万象显明时。

　　太师耶律阿海将我师父写的这《修道六首》讲解给成吉思汗听。成吉思汗点头道："修道之事，看来非常难。我要好好研习。

神仙,您开讲吧。"

我师父说:"好。陛下,我在前一次讲的修炼之道,都是常人求道的时候需要面对的。而对于您这样的天子来说,又不一样了。"

成吉思汗说:"我愿意仔细地听讲。"

我师父说:"陛下本来就是天人,是您所推崇的长生天的化身和人间代表。皇天高贵,负载天命,是因为上天要借助天子的手除暴安良,安慰天下父母和孩子,恭敬地执行上天的处罚,如同代替木匠去砍伐树木。如此克艰克难,功成身退,最后才可以重新回到原来天上的星宿的位置上。因此,天子在人世间,一定要减声色,抑制住嗜好和欲望,圣体安康才能保证心思细密、周详并且高瞻远瞩。老百姓中,大部分男人只娶了一个妻子,尚且因满足欲望而损害身体,何况天子有那么多的嫔妃后宫,一定会深深地损害身体啊!"

师父说到了这里,我看到成吉思汗在低头沉思。

我师父接着说:"陛下,您宫姬满座,我前些时候还听说,宣使刘仲禄又到中都替陛下选检处女,来充实陛下的后宫。我读到《道经》上说:'不显示自己的欲望,使民心不乱。'既然显露了,戒之则很难。希望陛下留意这一点劝告。"

成吉思汗说:"我记住神仙的劝诫。"

我师父很高兴成吉思汗能够听进去,他说:"人成为真正的人,是因为人借助身体的躯壳,从父母亲那里得到的生命;神仙成为真正的神仙,是因为可以从道中得到领悟,能够思辨世界上的真假清浊。行善得道之人则升天成为仙人,作恶背道的人就下到地狱里成为恶鬼。道成为众多事物的显现,如同金属可以被打造成各种器物,销毁它的表象,就会重新返回到本色的金属状态。人行不行善,则表明他是不是背离了道。在人间的声色与衣食,人人都觉得是高兴和快乐的享受,其实,这并不是真正的快乐,恰恰相反,是人生的劳苦处。世人大都以妄念为真理,以劳苦当作快乐,难道不是让人感到悲哀的事情吗?他们并不知道,上天至乐才是真正的快乐。"

成吉思汗说:"我听说了神仙的全真教派的修炼情况,我还想仔细地听听您说的话。"

我师父说:"我辈中人,因为学道的原因,抛弃父母,栖身于荒凉的大山中的岩石洞穴里,同时学道的同辈一共有四人,分别是马钰、刘处玄、谭处端和贫道自家。他们三个人早就功满道成,如今,已经升天化为神仙。只有我一个人在人世间辛苦劳顿的岁月还没有结束,每天只吃一顿饭,品尝一种味道,每顿又只吃一碗饭,怡然自得,就是为了等待升天得道的那一天。世界上那些富贵的人,沉溺于得到的富贵而无法自拔,能够拯救百姓,挽回时局,积累功德,就更为少见了。但凡积善行道之人很少,如果能坚持下去,怎么能不成为神仙呢?"

成吉思汗说:"什么事情坚持下去,就有收益。所以,意志要绝对坚强。神仙说得是啊。"

我师父说:"陛下,我中土之国,承平的时间长了,上天就不断降临一些经文和教诲,劝人向善。大河南北、大江东西,很多地方都有。东汉的时候,干吉得到《太平经》一百五十卷,都是修真治国的良方啊。中国的道人背诵并且施行这些道理,就可以获得福气,成道成仙。还有,东汉恒帝永寿元年正月初七,太上老君降临蜀地临邛,教授天师张道陵《南斗北斗经》和《二十四阶法箓》等各种经籍,一共一千多卷。晋朝王纂生逢乱世,毒瘴横行,他一心祈祷,感动了太上道君驾临,教授他多部道经,以拯救百姓。元魏时期,天师寇谦之居于嵩山之上,于太上老君那里收受道经六十多卷,都是治心修道、祈福消灾、扫除魑魅魍魉、拯救百姓于疾苦之术。其他的经教，还有很多，来不及细说了。而降经的意思，就是为了使古今帝王、臣民都能行善。道经很多，我只是举了上述大概和要旨。"

成吉思汗说："道的深奥，我还要慢慢领会。"

我师父接着说："天地之间，孕育出人类，人类是宝贵的。因此，人的身体很难得，就如同麒麟的角一样稀少。世间万物众多，纷纷然如同牛毛一样。既然一个人获得了难得的肉身，那么，就应该寻求养生修真之路，做善事，修福分，渐渐地就会领悟到道的存在。上至帝王，下至庶民百姓，虽然地位的尊卑差别很大，但性命寿数都是一样的。帝王是承受天命，谪降于人世间的，如果行善修福，在升天之后，就能够获得比过去在天上的位置还要高的职位，不行善修福，那就结果相反，会被贬低。上天中有些神仙功微行薄，上天会让他到人间修福济民扶困，最后才能得到高位。过去，轩辕氏背负天命来到世界上，第一世为庶民；第二世为臣子；第三世才为人君，他济世安民，积累了无数功德，寿数尽了，升天成为神仙尊者。"

成吉思汗点头道："神仙说得好。"

我师父接着说："陛下，您要修道得法，没有别的途径，应当外修阴德，内固精神，同时，还应该体恤下民，保护众生，使天下都安定，这是您外部的使命和行为，而节省欲念、保护精神，则是您身体内部应该修炼的方法。人以饮食为本，清洁的，就是人的精气，混浊的，就是人的便溺，被释放出去了。贪欲好色，则丧精耗气，人就会衰老和疲惫。陛下，您应当更加珍惜自己的精气神，要吝惜自己的身体。每天晚上射精一次的话，就已经深深地损害身体了，更何况恣意地纵欲呢！虽然人很难全部戒除欲念，但是，如果能节制欲望，则离得道不远了！"

成吉思汗问："节制欲望，有这么重要吗？"

我师父说:"是啊陛下。人的精神面貌为子,元气为母体。元气经过眼睛变成眼泪,经过鼻子变成鼻涕,经过舌头演化为津液,经过皮肤变成汗水,经过内脏则显现为血液,经过骨头则显现为骨髓,经过肾脏则显示为精液。元气全则生命蓬勃,元气消亡则人死灯灭,元气旺盛则人壮实,元气衰弱则人变得苍老。如果人能够经常保持元气不散失,就如同孩子有母亲,气散了,则如同孩子失去了母亲,就没有什么倚仗和依靠的了!人的精神和元气,是一体的,人的精髓也是出于一个源泉。我想,陛下如果能尝试一个月安静地独自就寝,必然会觉得精神清爽,筋骨强健。当初,陛下一见到贫道,首先就问我,可有长生的药给我吗?您问得很好。我现在再次回答您,古人说得好:'服药千朝,不如独卧一宵'。药是草,精为髓,去髓而添草,对人的身体又有什么益处呢?这就像钱袋子里本来装满了金子,可是,不断地去掉金子,增添铁块,久而久之,金子没有了,钱袋子虽然仍旧是沉甸甸的,可是里面只是留下了不中用的铁而已。因此,服药的原理和我刚才举的这个例子是一样的。"

成吉思汗说:"所以我最开始见到神仙,问神仙可给我带了长生不老的药没有,神仙如实回答无长生不老之药,只有养生之道。神仙很诚实啊。"

我师父说:"陛下,从古到今,人们为了繁衍和继嗣,娶妻而成家,是天理。先圣周公、孔子、孟子都各有子孙。孔子四十而不惑,孟子四十而不动心。人到了四十岁之后,气血就开始衰减,因此首先要戒的,就是色欲。陛下您的圣子圣孙满堂,如同大树的枝蔓广大,是很好的事情,因此,切宜保养身体、养生戒欲。过去,宋朝道君皇帝本来是天上之人,有神仙道人林灵素,带领他神游天上,入住天上宫殿,题写宫殿的匾额为'神霄'。在天上,宋皇不饥不渴,也不感觉到冷热,逍遥无事,快乐自在,很想一直在天上住下去，没有再回到人间的想法了。林灵素劝说他：'陛下背负天命要降临人世，有天子的功德和劳作，大限没有完毕，怎么可以在天上久久停留！'于是，宋皇就下凡到人间。后来，女真国兴盛起来，道君皇帝被金兵裹挟到北方冰雪之地，最后终老于上京。

"因此，可以明白一个道理，那就是，上天的快乐，比尘世间的快乐要强一万倍。要知道，只要是人间的因缘没有终了，人就不能随便地归天成为神仙，像圣上这样背负天命的人尤其如此。贫道过去出家，同道本来有四个人，他们三个人已先于我升化了，就如同蝉之蜕皮与脱壳一样，生命的失去是早晚的事情，这并不令我悲伤。抛弃肉身这一具幻象，而化身为千百看不见的东西，没有不可以的。但是，如今我还辛苦万端地存在于这个世界上，那是因为我的尘世因缘还没有结束啊，我的肉身还必须在世界上行走。所以，我才来到了圣上您的面前讲道，这也是天意啊。"

眼看天色漆黑，但见星河灿烂，我在帐内远远地听到师父给成吉思汗讲道，也听到了成吉思汗频繁发出的赞叹和满意的声音。看来成吉思汗很高兴，我们这些弟子也很高兴，心情十分舒畅。

这一天的讲道也圆满结束了。

三十九

九月二十三日,成吉思汗皇帝请师父第三次论道。我师父容光焕发,他穿着白色的道袍站起来,再次奉上锦匣:"陛下,贫道这几天心思神游,非常高兴,特给陛下再献十首示众论道诗。"

耶律阿海走过来,取出洒金宣纸,展开卷轴,念给成吉思汗听:

色身元有限,情欲浩无涯。痴似蜂贪蜜,狂如蝶恋花。
外物于身患,狂心不自监。病深方省欲,祸极始知贪。
最爱三田宝,难禁五欲情。后生须自重,元气莫相轻。
红颜若春树,白发似秋霜。俯仰一时过,驱驰三界忙。
日月交加迫,朝昏返复催。光阴留不住,生死突将来。
祸福相生灭,荣枯递献酬。不穷天外乐,那免世间忧。
宽容五怨害,柔弱胜刚强。满口齿先落,终身舌未伤。
物理光阴促,人间兴废多。觉来浑似梦,贪得又如何。
假饶身宝贵,不及性圆通。道德希夷妙,长叹复如何。
大梦何时觉,浮生旷劫迷。乾坤无昼夜,日月走东西。

耶律阿海给成吉思汗讲解我师父写的这十首示众诗的意思。成吉思汗说:"这十首诗的内容,也请塔塔统阿翻译成书面的蒙古语,教给我的几个儿子和孙子们听听。"他和颜悦色地说:"神仙,我继续听道。你慢慢道来。"

我师父说:"好。陛下,人还没有出生的时候,是在混沌的道中存在,无所谓寒冷与暑热,也不知道饥渴。心无所思,真是快乐啊。等到生下来,降临到这个世界上,眼睛看到五色,耳朵听到声音,舌头品尝味道,意念思虑事情,于是,就有一万件事情和诱惑在等着他了。古人常说,心是最难测定的,因此,把心比喻为猿猴,把意念比喻为马匹,可以知道心意的难以把握和控制。古人曾经说:'猛兽容易降伏,可人心难以揣度,甚至难以降伏寸心。'明白了这个道理,就知道了成道升天的捷径在哪里。

"道人修真炼心,一件物事都不思量,就如同太虚世界的止水。就像水面的风突然走了,水面安静清楚,就像镜子一样可以映照万物,一览无余。而水面上忽然刮过风,使水面动荡而混浊,什么都不会被看见了。可以说,人的本来真性,静如从不流动的水,眼睛看见颜色,耳朵听到声音,舌头尝到滋味,心思考虑事情,这些从具体的感官,到心灵的感受,就如同风吹浪涛那样,一浪高过一浪地持续增加,到心灵的世界里才是最高的反应。我们道人修炼心灵的时候,一开始是很难的,而随着时间的推移,日子久了,功力日深,就会达到无为的状态。"

成吉思汗说:"无为而无不为,我听过这样的话。是耶律楚材说给我的,可是,这个道理,我还想听听神仙解读解读。"

我师父说:"无为而无不为,要看什么时候。现在,陛下正是大作为的时候,当然不能无为了。无为时是得到天下,让人民休养生息的时候,无为而治理天下会让自然发挥作用,让天时发挥功能。因为,顺应天时地利,才是最重要的。"

成吉思汗说:"神仙说得有意思。"

我师父接着说:"道人只有天地之间一具躯体,治心都非常困难,何况天子拥有天下和四海之内的所有东西,日理万机,修炼心性那就更不容易了。但是,如果能节制情欲,减少思虑,就会获得上天的佑护,何况如果全戒除了,那就会更加得到佑护。过去,轩辕黄帝善造弓箭,用武器来威风于天下。功成的时候,请教过仙人广成子,问他如何修炼心性、保养身体之道。广成子说:'我就告诉你一句话吧,不要思虑过多、操心过多就行了。'我想说的是,陛下,这修身养性之道,最重要的地方,就是要讲究中和。中和中和,中正平和。太容易生气,则伤身体,太高兴和喜悦,则伤精神,太思虑则伤元气。这三个事项,对于求养生之道的损害非常大,陛下最好都能加以注意和戒除。陛下,您现在知道了,您本是天上的星宿神仙,那才是真的您自己,而身躯则是幻象之影,其实,不过是载体和化身,因此,但凡见色起心的时候,就要立即清醒和明白,身躯是假的,而神位是真的,自然,就能够止住虚妄的念头。

"人生在世,长寿很难得,就如同鸟兽一样,年年产卵生子,接着就会自然地死亡。而最终善终的并不多,人也是这样。因此,二十、三十岁就死了的,是下寿,是早夭早亡;四十、五十就死了的,是中寿;六十、七十就是上寿了。因为,人生七十古来稀,陛下,您已经超过六十岁,可以说已进入上寿的阶段,尤其应该以修德养身为宜,最终陛下会很长寿。我们这些出家学道之人,对衣着、饮食都不讲究,也不积累财富,就是害怕伤害身体、损害福分,而在家修道的人,在饮食起居和玩赏珍奇物品、积累财富方面,也不能过于强调欲望。这是一个基本的修持。"

成吉思汗说:"神仙,长生不老我是不会去盼望了。但神仙从中土之地来,我已经得到了中土汉地,如何治理才好?请神仙说说看。"

我师父说:"陛下崛起于苍茫之地,知道天下之大,四海之内,国土广阔,财富有亿万兆之多,珍奇异宝比比皆是。但是,这些物质的东西,都不如中原地区受上天垂顾而发展的经教有价值,那些治理国家、修身养性之术,才是真正宝贵的东西,赛过任何宝贝。因此,屡屡有奇人得道升天啊。我想告诉陛下,山东、河北,是天下美地,出产很多好庄稼、蔬菜、鱼类、食盐、蚕丝等,以供给四方天下使用,从古代到如今,得到这些地区的,就是大国,因此,是历代有抱负的人必定要争夺的地区。现在,上述地区已经为陛下所有,可是,连年的兵火相继,亲人失散而无法重新团聚,陛下应该派遣能干的、了解这些地方民情和风俗的能臣,前去治理,谋求发展。贫道建议,最好能免去当地三年的赋税,使百姓休养生息,到时候能有足够的丝绸和其他供应进献给陛下,也使老百姓得到喘息和安歇,一举两得啊。陛下,这不是贫道的私心杂念,这也是安民祈福的一种方法,因此,陛下就会得到上天保佑,也因此而无往不胜。"

成吉思汗很高兴:"你说的,耶律楚材当好好记取,将来辅佐我的儿子孙子治理中土汉地,会有用的。"

我师父说:"贫道自万里之外,响应陛下的宣诏,来到这西域大雪山下,给陛下您讲道,修身养性的办法,我在前面都说得很充分了,因此,治国保民之术,我当然也不会不说。我刚才说的对山东、河北进行安抚和休养生息的事情,如果您差遣清明廉正的官员去,他依据陛下的规划和旨意行事,必定会让上天也感到满意。假如派去了没有才干的官员,不仅没有益处,反而会为害当地百姓。当初,金国得到天下的时候,在不熟悉汉地中原的情况下,为了能更好地统治中原地区,封刘豫为过渡的齐国国君,经略了八年之后才取而代之,这也是开创在汉地统治的良策,我希望陛下您能够加以考虑。"

成吉思汗点头说:"很好。"

我师父最后说:"修身养性的要旨和妙处,我都给陛下您讲解完毕了,而治理国家、管理黎民百姓之术,只简单地说了一点梗概和建议,您采纳也好,不采纳也好,都是您自己的决断。过去,金国世宗皇帝即位十年,色欲旺盛,结果身体非常疲惫衰弱,每天他参加朝会,都要两个大臣搀扶着才可以上朝。后来,到处寻找高人和得道之人,求保养之方,也曾经请我去,问过我修真养身之道,我就像前面给陛下您说那些一样,告诉他应该怎么样。他果然按照我说的做了。从此之后,他的身体就逐渐地健康和强壮起来了,走路也跟年轻人一样了,在位三十多年,才升天故去。"

"贫道生平学道,以无思无虑为圭臬。我曾经有一次做梦,梦见有天意告诉我:'你功行未满,应当等待时间到了才可以升化入天。身体是幻象,如果倒行逆施,那是不行的。只有真身飞升,可化为万千假象,没有不可以做到的。上天千岁或万万岁,但只要人间有事,就会奉天命而转世投胎,到人间的房子里。'陛下,您是下凡的星宿,早晚要回到天上的神位,唯其如此,才当恭敬行事,少杀生,不使生灵涂炭,不使大地震怒,不使百姓遭殃,不使天地倾斜,这样的话,陛下您将功德无量,并获得长生。"

我师父讲解完道,叉手躬身施礼。

成吉思汗很满意,当即传谕旨说:"神仙的谆谆教诲,我恭敬地听到了。神仙说的这些道理,我明白,都是难行之事啊!但是,我不敢不遵从神仙的意思,我当经常来遵行。神仙传道的话,已经让太师等人记录下来,并书写到册页上,我将亲自阅读。也请大家不要外传。如果遇到没有明白、过于深奥的,朕还要继续请教神仙。"

我师父给成吉思汗的第三次讲道,圆满结束了。

四十

三次讲道之后，成吉思汗十分满意。他对我师父礼数有加，每天都派人来看望我师父。

有一天，早晨起来，很多人看见了一头长得很像鹿的动物出现在行在附近。它有些像鹿，又长着马尾巴，颜色是绿色的。它冲到了成吉思汗大帐跟前，对着那些侍卫说人话。据侍卫后来说，那只奇怪的动物当时说的是人话："你们的主公应该早点返回。"然后，它就跑开消失了。

成吉思汗听说了，紧急召见我师父和耶律楚材进帐，询问这只怪兽出现的含义。耶律楚材说："圣上，这是瑞兽啊，它的名字叫作角瑞，能说四面八方的各种方言，它出现的时候就显示人间一些事要改变了。"

我师父说："陛下，角瑞喜欢生命，不喜欢杀生。这是天降祥瑞和告诫，陛下是天子，贵为人间第一人，应承接天意，来保全人间生命，适宜早日班师回去。"

于是，成吉思汗听信了我师父和耶律楚材的话，当日就起驾东归了。

我们也跟随大营一路东行，走了十多天。这期间，我师父多次向成吉思汗讲解道法，对成吉思汗还不明白的地方再次进行开释。

十月初，我们跟随成吉思汗起驾的行在继续行走，很快在撒马尔罕西南方约三十里的地方扎营了。

师父进城住在原先苏丹那个旧宫殿里，和留守的几位我们的师兄弟会合。由于讲道已经完毕，我师父在心中已生出强烈的归意。他和太师耶律阿海一起觐见成吉思汗，禀告成吉思汗："陛下，我们道人喜欢清净，尤其不喜欢听到军马嘶鸣和兵器相交之声。贫道希望我们能够在圣上的大部队前后，根据情况，自由地行走。"

成吉思汗理解了我师父："好，神仙，您和弟子们请自行决定行程吧。只要路线是我们东归的路线就可以了，这样无论是保卫还是供给，我们都好安排。"

太师立即安排了相关事宜。我们就这样在成吉思汗大部队的前后左右行走，有时候跟在成吉思汗的后面，有时候又走在他们的前面，就这样踏上了东归的归途。

很快，严冬的降临使得天气变得越来越寒冷，到了十二月，大雪纷飞，冷风刺骨，牛马被冻死了不少。好在有成吉思汗的随从一路照应我师父和我们，我们的供给才没有问题。

十二月二十八日，下了一场大雪，同时，我们在宿营地竟然听到了打雷的声音。成吉思汗觉得十分诧异，就派人来请教师父："神仙啊，我知道下雨天是打雷的，为什么大冬天的，天还要打雷？"

我师父回答说："我听说，蒙古人夏天不在河里洗澡，不洗衣服，也不造毯子，野地里有蘑菇也禁止人去采摘。而且，有的蒙古人还不孝敬父母,这是三千桩罪过中最大的罪过啊,因此,上天是通过打雷来警醒世人的,希望成吉思汗皇帝陛下您能利用您的权威和盛德,来禁止人们那么做。"

成吉思汗听了很高兴,对手下将军和大臣说:"神仙说的话,很合我的心意啊。请太师和塔塔统阿记录下来,合适的时候向大家宣布。你们看,汉人尊重长春真人丘神仙本人,就像我们敬奉长生天一样。我现在越来越相信道长真是天上的神仙啊。是上天让神仙对我说这些话的,你们每个人都要牢记,都要孝敬父母,并时时清洁自己的身体。"

元旦这一天,很多人前来拜访师父,把成吉思汗的信任的话转达给师父。

一月十一日,我们一行先行起程,继续往东北方向走行。我不知道师父怎么想,反正我是有些归心似箭。因为走了两个多月,现在我们离开西南边的那座让我们怀念的撒马尔罕城,算起来也已经有一千里了。撒马尔罕!我不知道我有没有机会再度返回,我也默默地祝愿那座被毁坏的城市,能够像每年春天的草一样顽强地恢复生机。

一月十九日,我们住在一座果园里。这一天是我师父的生日,我们一起给他庆祝生日。第二天,当地提控府的官员李公拿了很多礼物和食品,前来拜见我师父,他希望我师父在那里多留一些时日。

我师父告诉他:"李大人啊,人生都是因缘际会,我想,我们今后会很难再见面了,因为,到了二三月,天气暖和了,我就要加速东归了。"

李公很难过,他说:"三个月之后我也要返回燕京,也许还可以见到神仙。"

我师父给李大人写了一首词相赠,叫作《贺圣朝·逝云归岫》:

断云归岫,长空凝翠,宝鉴初圆。大光明弘照,亘流沙外,直过西天。人间是处,梦魂沉醉,歌舞华筵。道家门、别是一般清,暗开悟心田。

洞天深处,良朋高会,逸兴无边。上丹霄飞至,广寒宫悄,掷下金钱。灵虚晃耀,睡魔奔迸,玉兔婵娟。坐忘机、观透本来真,任法界周旋。

一月二十二日,我们在一条大河边宿营。这里距离东北方向我们曾经驻留过的赛蓝城,只有三天的路程。我看到这里水草丰美,牛马繁盛,成吉思汗东归的大部队和我们都在那里休整。

二月七日,师父觐见成吉思汗,说:"圣上,贫道离开故乡,曾经约定好三年回去。现在,距离我出发已经有三年了,能够回到故乡,是我的心愿啊。"

成吉思汗说:"我现在也在向东走,神仙,我们同路回去怎么样?"

我师父说:"圣上的行路肯定和贫道不一样。我还是想先走啊。"

看到师父再三坚持先行,成吉思汗沉吟了片刻说:"神仙啊,请您再等几天,等太子来了之后您再走。神仙讲的一些道理,有的我还不很明白,等我都请教完毕了,神仙就自行走吧。"

我师父答应了。

二月八日,成吉思汗皇帝在狩猎的时候,射中了一头大野猪,但是他的坐骑失去了控制,跌倒了。那头受伤的野猪并没有逃跑,而是盯着落马的成吉思汗看,差点就冲过来咬他。幸亏护卫及时赶到，赶跑了那头野猪。

回到行宫，我师父也听说了这件事情，就面见成吉思汗，说："陛下，上天之道，在于少杀生，现在圣上年事已高，应当少外出打猎。陛下从马上摔下来，是上天的告诫，而野猪没有上前伤害您，也是上天的庇护，不可不重视了。"

成吉思汗看了看身边的太师耶律阿海，说："谢谢神仙的提醒啊，朕已经深深地反省了。神仙劝诫我的话，是很正确的。我们蒙古人的骑马射箭，围捕打猎，是从小开始，已经习以为常了。但您说得很好，很有道理，因此，我会慢慢地停下来打猎的习惯。我当记住神仙的话。神仙劝我的话，以后我都要听，至少两个月之内，我不再出去打猎了。"

我师父还写了一首词《清心镜·警杀生》，让人带去给成吉思汗：

万灵中，人最贵。超群化，数属三才品位。愚夫甚却骋凶顽，便将为容易。杀害生灵图做戏。全不念地狱，重重暗记。一朝若大限临头，与他家恺气。

鬼神擒，鞭挞跪。愁开眼，强欲思量巧计。当头把业镜高悬。那冤家怎讳。拔舌剜心酬快意。全不似旧日，馨香美味。三涂任百毒凌迟，再生人卒未。

我师父写的这首词很直接，他把看到的战争造成的生灵涂炭的景象，都融会在诗词里，劝诫成吉思汗，我们都为师父捏一把汗，害怕成吉思汗突然因为师父言语的大胆而翻脸。

成吉思汗不仅不生气，反而再度夸奖师父，传话说："神仙的诗词写得好，意思也好，我都明白了，也喜欢神仙对我的真诚表达。"

四十一

　　二月二十四日，我师父觐见皇帝，请求辞行。成吉思汗还是舍不得师父走，他说："神仙，你执意要东归，我是理解神仙的心情的。可是，给神仙的礼物我还没有想好，我要考虑一下，神仙，请你再等几天吧。"

　　我师父和我们只好耐心等待。

　　三月七日，师父再次觐见圣上，请求东行，成吉思汗赐给我师父很多的牛马："路途遥远啊，神仙，我真是舍不得你走啊。"

　　我师父说："圣上，您的心意我理解。但贫道归期确定了，也是天意啊。陛下让手下安排好驿马就可以了。别的，我都不需要。"

　　成吉思汗看到无法再留住师父，就颁布一道圣旨，让塔塔统阿加盖御印，免去了我全真教派门下所有道家子弟的差役和劳役，并命令阿里鲜做宣差，还有蒙古带、喝剌八海两个人做副将，带领士兵护送师父和我们一行，即刻东行。

　　我们准备了三天，到三月十日这一天，很多成吉思汗手下的官员，包括了留守下来的刘仲禄，都带着葡萄酒和瓜果，前来给我师父和我们送行，大家洒泪而别，在阿里鲜的卫兵护送下，我

们这才先行踏上了回程的路。临行前,我师父赠送给刘仲禄一首诗:

> 得旨还乡早,乘春造物多。
> 三阳初变化,一气自冲和。
> 驿马程程送,云山处处罗。
> 京城一万里,重到即如何。

刘仲禄泪流满面,远望我们的身影消失,再三鞠躬拜谢。后来,我们就再也没有见过他了,也不知道他最终怎么样了。

我们向东走了三天,来到了赛蓝城的东南部山地。在那里,我看到了山林里有一种两头蛇,互相撕咬,看到来人,两个脑袋又向人吐出芯子。我们谨慎地躲开了。万物有灵,谁也不知道会有什么灾祸。

三月十五日,我们在赛蓝城郊区的虚静先生赵道坚的墓地祭奠,心情很难过。大家商议着,想把他的尸骨起出坟墓,带回山东老家。但我师父说:"人的身体终究是腐朽之物,只有一窍有真的灵性,是自由自在、不受拘束的。肉身腐烂,灵性也就升天了,我看,还是不必了吧。"我们顿时理解了师父的话。于是,我们遵从了师父的意思。

第二天我们继续前行。

三月二十三日,宣差杨阿狗跟了上来,为师父饯行。

四月五日,我们到达了阿里马城,二太子的建筑大匠张公执意要挽留师父在当地讲道作法,说:"神仙啊,在阿里马城,已经有四百道教信众,他们还建立了三个道坛,希望能向师父您请教啊。"

我师父说:"东方的因缘已经很近了,我不能改变行程。如果没有别的事情,我就去,好不好?"但是第二天,我师父的马突然受惊,奔向了东北方向,谁都拉不住。于是,张公等人哭着看着我们继续远行了。

后面的路是我们来时曾经走过的。我们很快就到达了天山脚下的赛里木湖边。看到那汪湖水还是像一面蓝色的镜子,我们心情愉悦。在湖边,看到雪山的倒影在湖水里,宛如仙境一样。想到自己真的回来了,坐在湖边,我的感受千言万语都难以形容。

我们继续向东北方向走走,走了整整二十天,我们艰难地穿越了黑戈壁,才最终接上了穿越金山阿尔泰山的那条过去走过的路。

四月二十八日,我们在金山遇到了一场夏日里的高山大雪。满山都白了,什么都看不见,那个苍茫和寂寥啊,仿佛世界上就剩下了我们在孤独地行走一样。

五月一日这一天,我们来到了阿不罕山下的镇海仓头城,那里就是田镇海将军曾经屯田的地方。我们也终于和留守在此的其他九个道兄会合了,大家看到,除了虚静先生赵道坚不在了以外,我师父和其余八名师兄弟都回来了,都十分高兴。宋道安等以及当地建立的长春、玉华观里面的会众,以及宣差郭德全等人,全都来迎接我们,接待我师父住进当年就建立起来、如今是更见规模的栖霞观里。

我记得,就在师父下车的时候,天降喜雨,大家都觉得是祥瑞之兆,因为,这个地方在整个夏天都缺雨缺水。

我们在那里休整了几天,阿里鲜和师父商议,为了能安全、快速地回到中原地区,回程的时候我们不必一路往正东走,再经过哈喇和林和大斡耳朵了,而是直接向东南方斜插下去,穿越大沙漠和大戈壁地区，抄一条近道，直奔宣德州和燕京地区。

我师父同意了。阿里鲜还说："往南的道路都是沙石路，虽说是一条来往频繁的商道，路途也十分艰险，马匹很容易疲劳，恐怕我们要多做些准备。"

我师父说："不打紧，我看这样，出发的时候，我们师徒分成三班鱼贯前进，就可以彼此之间互相照应了。"

五月七日，师父命令宋道安等六个人先走，十四日，师父带领我和其他六人又出发了，三天之后，其他的几位同门兄弟接着出发。

我们一路向东南方向走，对于我们来说，这是一条很新的路径。我清楚地记得，从十七日这一天开始，师父就病了，我们都很担心。问师父哪里不舒服，师父说："我的病不是医生可以诊断和治疗的，这是圣贤和上天对我的磨难，不能很快就痊愈的，你们不要过虑了，到了汉人多的地区，就好了。"

我知道师父很少生病，但一生病就是大病。我们时而骑马，时而坐马车，旁边有阿里鲜带领的几百个蒙古鞑靼兵护卫。这一段路我们走了一个月，看见的都是连续的沙地和不断出现的海市蜃楼。幸亏我们没有迎着海市蜃楼走，要不然，就走到沙漠里出不来了。

我们沿着大夏国的北边国境线行走，听阿里鲜说，成吉思汗的部队马上就要对大夏发动攻击了。因为成吉思汗攻打花剌子模的时候，曾经请求大夏派兵支援，但大夏国王不仅不支援，反而嘲笑成吉思汗。成吉思汗发了心愿，一定要灭除大夏国。一场大战即将在附近广袤的土地上爆发了。

我们越走，就看到水草越茂盛，这说明我们距离汉地不远了。眼看着帐篷、村寨也多了起来，走在最后面的第三部分人也赶上了师父，我们都会合了。

六月二十一日，我们抵达了渔阳关，这里后来也叫作阴山，是隔绝古代的匈奴、突厥和蒙古人与汉地的重要关隘。但见峭壁悬崖到处都是，塞外关内风景大不相同。北面是苍茫的草原，南面则是广阔的农田。

过了渔阳关，走了五十多里地，我们来到了丰州。自当地的将军以下的官员，都出来迎接我师父，宣差俞公请师父住在他家，给我师父做热汤面吃。

师父饱饱地吃了一顿，身体逐渐地复原了，我们都很高兴。

休息了几天，七月初，我们继续走，来到了下水城。当地的将军夹谷相公招待师父和我们这些徒弟，大家都在他的大宅子里住。这个地区信奉道教的信众比较多，他们都来瞻仰师父、向师父行礼。一个信众给师父送了三只活着的大雁，第二天，师父就到城外把大雁放生了。看着大雁在一面大湖里自由自在地嬉戏玩耍，师父很高兴：“自由是大雁的品性，人是不能限制的啊。”

七月九日，我们到达了大同，那里的官吏和道众也都来迎接，这里就是纯粹的汉地了，我师父和我们一下子住了二十多天，因为前来瞻仰师父的道众太多了，应接不暇。

这时，宣差阿里鲜请求师父，让尹志平和他一起先去山东，到那里宣读成吉思汗招降纳叛的诏令，以及公布免除道众的差役赋税。如果没有尹志平前往，他们假如遇到暴力抗阻，成吉思汗会不悦并下令动武，就会导致生灵涂炭。

我师父沉吟良久，同意了，他一定想起了我们在西域见到被成吉思汗毁灭的城市的惨状，"成吉思汗慈悲为怀，愿望使众生免除杀戮。好，你们先去吧。"

四十二

八月初,我们继续起程往东南走,十二天之后,我们回到了宣德州。当地的驻军司令耶律将军迎接师父进驻朝元观。后来,听说我们回来了,很多王公、官吏、将帅、士人和庶民,都来瞻仰师父,请他为他们祈福。在那里,我们一住就是两个月。我师父写诗道:

> 万里游生界,三年别故乡。
> 回头身已老,过眼梦何长。
> 浩浩天空阔,纷纷事杳茫。
> 江南及塞北,从古至今常。

十月初,我师父举行了一次占醮。醮事完毕,从成吉思汗那里带来书信的贾昌将军前来面见师父,并宣读了圣旨。圣旨中,成吉思汗问候我师父说:"神仙,您从春天走到夏天,又走到秋天,一路上很不容易吧。路上的供给有没有问题?到了宣德州,当地官府是不是认真安排了师父的饮食起居?可以告诉我。朕诏令百官和百姓,望他们听从我的旨意。朕常常想念神仙,神仙也千万不要忘了我啊。"

我师父也很感念圣上的关心。有时候,我看到他常常独自在院子里,朝西北方向观察天象,不知道是不是在想念成吉思汗。

我们在朝元观住了一段时间,又来到了龙阳观过冬,此时已经是十二月了。冬天里,万木萧瑟,却很有意境。回想过去在这里居住的时日,我师父很有感慨,写诗道:

> 昔年林木参天合,今日村坊遍地开。
> 无限苍生临白刃,几多华屋变青灰。
> 豪杰痛吟千万首,古今能有几多人。
> 研穷物外闲中趣,得脱轮回泉下尘。

到了来年的二月初,师父带领我们继续往东南走。先在燕京北面缙山上的秋阳观做醮事,但见缙山山川秀丽,有一条叫作妫水的河流盘绕而过,满山都是松树和藤萝,是道家喜欢的修行之地。在那里,师父收到了燕京行省的最高长官石抹咸不得的书信,恳请师父去燕京的天长观居住,师父同意了。

不久,燕京的官员就派驿马前来迎接师父了。我们骑马过了居庸关,受到了大批道众的迎接,盛况空前,父老乡亲们用香花引导师父进入燕京城。

二月初七,我们跟随师父住进了天长观,十五日,又住进了玉虚观。我师父心情很好,写诗一首曰《书教语一篇示众》:

> 万里乘官马,三年别故人。
> 干戈犹未息,道德偶然陈。
> 论气当秋夜,还乡及暮春。
> 思归无限众,不得下情伸。

二月二十二日，成吉思汗派近臣喝剌前来传达圣旨："神仙请选择喜欢住的地方居住，告诉阿里鲜，神仙年事已高，要好好爱护，保持健康。神仙不要忘了朕过去说的话。如果神仙的门徒为朕诵经，祝愿朕长寿，那就予以表彰。"

我师父对皇帝的旨意表达了感谢。

我们在玉虚观住到了五月份，夏天来了，燕京行省的官员几次请师父去主持天长观，五月二十二日，师父接受了他们的邀请。

我们去天长观的路途中，看到有白鹤在空中引导。而且，师父住在哪里，哪里就有白鹤出现，这感召了不少道众和信徒。

师父在大天长观主持全真教之后，道教的力量迅速壮大，我师父带领我们以天长观为中心，建立了八个道教组织，分别叫作平等、长春、灵宝、长生、明真、平安、消灾、万莲，一时间，道众云集，那些异端邪说就消失了。

每次持斋完毕，师父都喜欢去金朝过去的皇家园林里的琼华岛上游玩，大家坐在松树树荫里，吟诗唱和，饮茶对谈，十分愉快。

有时候，我师父也应当地官吏的邀请去做醮事，给民众祈福，驱逐灾星。很多崇拜师父的人在九月九日这一天为师父献上了菊花。也有人显然是不服我师父的威名，以佛家理论来质问师父一些是非问题，师父不正面回答，只是回答一些道理，同时，写了一首颂词：

　　拂，拂，拂，拂尽心头无一物。无物心头是好人，好人便是神仙佛。

那个人听了，很惭愧地走了。

我记得，还有盘山的道士请师父去住持黄箓大醮三天，这已经到了来年的正月了。本来应该寒冷的天气，却如春天一样温暖。

一晃，又到了五月，天气大旱，农人们很焦急，他们设立祭坛，祈祷降雨，但是没有用。于是，燕京行省的官员前来恳请师父住持祈雨大醮。我师父做了三天醮事，果然，天下了大雨。百姓纷纷传说是丘神仙下的雨。

我师父说："是你们的至诚之心感动了上苍，施仁爱之心救万物生灵，我又做什么了呢？我和你们一样，是在用心祈求罢了。"连天的大雨不断，使干渴的土地得到了润泽。到了这一年的秋天，庄稼果然获得了丰收。名公和硕儒都写诗向师父道贺。

在师父的住持下，天长观也得到了修葺，并扩大了道人的斋舍。

转眼，又到了丁亥年，春天和夏天里，燕京地区还是干旱，师父做了多次祈雨的醮事，完毕之后，降雨超过了一尺。

丁亥年的夏天里，天气暑热无比，燕京的统兵元帅张资允就派人来请我师父到西山游览。我师父对西山印象很好，写诗道：

西山爽气清，雨过白云轻。
有客林中坐，无心道自成。

在张将军的府邸里住了几天，前来听师父讲道的人很多。一天晚上，师父正在讲道，忽然，天空中电闪雷鸣，打雷的声音特别大，风雨大作，窗户都要震裂了。球状闪电在窗户外面滚过，可是，在院子里谈经说道的师父身上竟然一点也没湿。而且，更让大家感到奇怪的是，霹雳按说是要连续震响的，可是，忽然就停息了。众人都说："看来，真人丘神仙在这里，雷神都感到无奈！"

那天，我感觉到师父沉默不语。他似乎感应到了什么，但是没有说话。

几天之后，我们跟随师父回到了天长观，道人王志明已经等候在道观里了。他从秦州带来了成吉思汗的旨意，那时，成吉思汗正在猛力攻打大夏国。在诏书里，成吉思汗下令把北宫仙岛改为了万安宫，把天长观改为了长春宫，诏令天下出家向善的道人，都要隶属师父管辖，并且赐给我师父一个黄金虎符，嘱咐道："道家的一切事务都仰仗神仙处理。"

我师父十分感念成吉思汗的惦记。

就在这年的六月二十一日，我师父又病倒了，痢疾不止。我才明白了一个月之前打雷下雨那天晚上，师父为什么不说话了。

这一天，我师父在长春观的太液池里沐浴，到了晚上，忽然下起了大雨，太液池里的水溢了出去，水池里的鼋、鳖、鱼、虾都跑光了，太液池竟然干涸了。

我师父听到这个消息，沉默良久，笑着说："山崩池枯，我将和它们一起离开了！时候到了！"

七月七日，中午时分，师父登上葆光堂，书写颂辞一首：

> 生死朝昏事一般，幻泡出没水常闲。
> 微光见处跳乌兔，玄量开时纳海山。
> 挥斥八纮如咫尺，吹嘘万有似机关。
> 狂辞落笔成尘垢，寄在时人妄听间。

片刻间，我师父就归于道真，奇异的香气充满了厅堂。

师父升天做神仙了，我们还在大地上，还在尘世。我明白了，其实，人只拥有短暂的尘世，没有长生不老。

而且，奇特的是，几个月之后，我们得到了消息，成吉思汗在攻打大夏国的时候受伤病发，驾崩了，重新成为天上的神仙了，和师父的归真时间是前后脚，竟然都在丁亥年七月。难道，成吉思汗和我师父有什么事先的约定吗？

我们计划在七月九日这一天，举行盛大的仪式来安葬先师。但是，从六月底开始，天一直在下雨，大家都很担心葬礼能否如期进行。可是，到了七月七日，天空立即晴朗了，我们都看到了黑色的鹤从西南飞来，白色的鹤从东北方飞过来。也许，鹤是来迎接师父的吧。

我们打开了灵柩，看到师父的容颜就像活着的时候一样。瞻仰遗容进行了三天，远近的官员、士人、庶民、僧侣、道众都前来送行，每天有上万人。长春宫设立道场三天三夜。预先备斋十天。九日的子时，我们把师父的躯体埋葬在长春宫东侧的下院中，奇异的芳香很久都没有消散。

宣抚王巨川相公和我师父心心相印，他对我师父的景仰更胜从前，亲派卫兵维持葬礼的秩序，他还亲自为师父的灵堂题写了"处顺"的匾额，并为埋葬师父的天长观题写了"白云"匾额，从此，这里就叫作白云观了。

我师父升天了，我很悲伤。我跟随师父很多年，知道师父写诗作文，从来都不打草稿，总是一气呵成。我记得师父有一次对我说："古代得道的人，见于书本记载的事迹都很简略，因此，德行不能广泛流传，十分可惜。我常常给你们列举的近世以来的得道高人，都是我亲眼所见，耳闻目睹的，等到有了闲暇，我会编写一本《全真大传》留给世人。"

可是，现在师父升天了，虽然他给我讲过一些片段，但是我等后辈永远都不可能看到这本书了。真的可惜啊！于是，我才写下了我跟随师父一路西行，觐见成吉思汗的这些事。

又记：

我写完上述跟随师父万里西行的行状记录后，过了十年，住持道教事务的清和大师尹志平七十岁了，他推举我担任全真教的教长。元宪宗皇帝蒙哥即位之后，命我管理天下道教事宜。道家的信徒日益增多，都是因为师父当年曾万里西行，和成吉思汗谈论长生和养生所结下的果。

可是，佛教徒害怕道家力量太过强大，趁机诋毁我们，说我纵容道士毁坏佛像、占据寺庙，刊行《老子化胡经》、称佛为道教弟子等等栽赃陷害和子虚乌有的事情，并煽动佛教徒抗议我们道家。

在我六十二岁这一年，根据顺帝蒙哥的旨意，我和佛家的大住持在蒙哥皇帝面前，进行了一场佛道两家的辩论。

最终，佛、道两家各有说辞，蒙哥皇帝没有当场分判我们的胜负，但佛家子弟却认为是我们道家败北了，并写下了很多文字著述，来继续攻击道家。那个耶律楚材因为是佛家弟子，他也写了一篇文章，用十个问题攻击我师父和道家，目的也是为佛家张目，为佛教争利益而已。因此，想到当年他对我师父的谦恭，和现在的傲慢，我就觉得这个人很卑鄙。

但我信奉师父的说法，再也不做辩解了，因为，我记得，师父的一首诵辞为："朝昏忽忽急相催，暗换浮生两鬓丝。造物戏人俱是梦，是非向日又如何？"其实，师父早就给我们答

213

案了。

　　我也感到，来年，我就要跟随师父而去，去白云之上，成为别人梦中驾鹤而行的幻影了。

2010年4月初稿于北京
2012年8月再改

后 记

促使我写这部小说的机缘,要追溯到我上大学的时候了。那个时候,在大学图书馆里读书,我偶然接触到了丘处机的诗,就很喜欢,我就开始给他的诗做一些笺注。这使我对丘处机这个道人产生了浓厚的兴趣。

十多年前,我又读到了李志常道人撰写的《长春真人西游记》,里面详细记载了丘处机不远万里,前往现今阿富汗的兴都库什山下,和成吉思汗见面讲道的过程。这本书促使我萌发了一个想法,想依据它写一本小说。我后来一直没有动笔,可能是我还没有找到语感和切入的角度吧。但我时常会翻阅这本书,到了耳熟能详的地步。

这些年,我的足迹也走过了丘处机当年走过的地方:山东栖霞、昆嵛山、北京白云观、陕西终南山、新疆伊犁、阿尔泰山,以及他当年走过的河北、内蒙古和新疆的其他一些地方。在近八百年前,丘处机穿越阿尔泰山,还来到过我的出生地新疆昌吉市,那个时候,蒙古语称呼那里是昌八剌。

在北京生活了多年,我也常去白云观,也去过延庆县寻找过他当年的足迹。前年,在山东的昆嵛山上,我仔细地寻找过丘处机的行迹。昆嵛山是一座非常有灵气的大山,我在山中的雨雾中仿佛看见了全真七子修炼的身影,简直有些流连忘返。昆嵛山上的神清观如今已经重建了,仙气弥漫,当年全真教几位开创者修炼的地方,如今都还在,仿佛昨天他们才离开一样。我当时就觉得,要尽快根据他的弟子李志常的回忆录,写一本关于丘处机西行的历史小说。回到了家里,我就开始认真地做笔记了。

丘处机所处的时代,是中华民族文化大融合的时代。辽、宋、夏、金、蒙元,还有西辽、吐蕃、大理这些地方政权互相替代、融合与交战,形成了一派多民族文化融合交流的局面。那样一个风云际会的时代,自然会有传奇产生。丘处机以七十岁高龄,不远万里前往阿富汗,给新崛起的人间霸主、可汗成吉思汗讲道,这就构成了传奇。从各个方面来说,这一历史事件都是具有积极的意义的,也是我这个小说家能够展开丰富想象的素材。

对于历史小说,我有自己的想法。比如,历史小说一定要进入到历史人物的内心里,从而书写出历史的声音肖像。在这方面,我最心仪的作家是法国女作家尤瑟纳尔。她所写的《哈德良回忆录》《熔炼》对我影响很深。我一直不大喜欢当代中国的一些历史小说,我觉得,那些小说无论是语言还是写法上,都过于陈旧和传统,大都在人物和历史事件的外面打转,没有进入到历史的复杂情景和人物的复杂内心,也无法逼近历史的真实,根本就没有创造出历史小说的新境界。

等到我自己开始写这部小说的时候,我发现,这对于我来说,也是一个很大的难题。由于丘处机是历史人物和道教宗师,我的书写必须要依据基本的历史事实来展开,这样我写小说的时候,想象力就无法展开,就会拘泥于历史的事实,不会越雷池一步了。好在这样的写作也是有趣的。于是,最后就写成了这个样子。可以说,这部小说是一部行走的书,是关于大地和心灵的书,也是关于一个时代的印象。

自然,这本书还参考了一些重要的历史著作,比如法国历史学家格拉塞的《草原帝国》《成吉思汗》,以及《多桑蒙古史》、方毫先生的《中西交通史》、许地山的《道教史》等著作,这些著作成为我展开叙述的支撑。

这些年,我在每写完了一部当下现实题材的小说之后,就会写一部历史小说。这样的交替写作,使我获得了审美上的休息和题材反差的快乐。对于我,更多的时候,写作纯粹是一种爱好——我是一个持之以恒的文学爱好者,像一个玩泥巴的孩子那样自得其乐。我不知道亲爱的读者,您能不能感受到我的那种快乐。

邱华栋
2012 年 8 月

图书在版编目(CIP)数据

长生/邱华栋著.—北京：北京十月文艺出版社,2013.4
ISBN 978-7-5302-1279-0

Ⅰ.①长… Ⅱ.①邱… Ⅲ.①长篇历史小说—中国—当代
Ⅳ.①I247.5

中国版本图书馆 CIP 数据核字（2012）第 294410 号

长 生
CHANGSHENG
邱华栋 著

*

北京出版集团公司
北京十月文艺出版社   出版
（北京北三环中路6号）
邮政编码：100120
网　址：www.bph.com.cn
新经典文化有限公司发行
新 华 书 店 经 销
三河市三佳印刷装订有限公司印刷

*

890毫米×1270毫米　32开本　7印张　145千字
2013年4月第1版　2013年4月第1次印刷
ISBN 978-7-5302-1279-0
定价：28.00元
质量监督电话：010-58572393